◆◇ 中国文学名家小小说精选丛书

雨，一直下

付秋菊　著

江西高校出版社
JIANGXI UNIVERSITIES AND COLLEGES PRESS

南　昌

图书在版编目（CIP）数据

雨，一直下 / 付秋菊著 . -- 南昌：江西高校出版
社，2025.6. -- （中国文学名家小小说精选丛书）.
ISBN 978-7-5762-5589-8

Ⅰ . I247.82

中国国家版本馆 CIP 数据核字第 2024MR1097 号

责 任 编 辑　邵星星
装 帧 设 计　夏梓郡

出 版 发 行　江西高校出版社
社　　　　址　江西省南昌市新建区工业二路 508 号
邮 政 编 码　330100
总 编 室 电 话　0791-88504319
销 售 电 话　0791-88505090
网　　　　址　www. juacp. com
印　　　　刷　鸿鹄（唐山）印务有限公司
经　　　　销　全国新华书店
开　　　　本　650 mm×920 mm　1/16
印　　　　张　13
字　　　　数　160 千字
版　　　　次　2025 年 6 月第 1 版
印　　　　次　2025 年 6 月第 1 次印刷
书　　　　号　ISBN 978-7-5762-5589-8
定　　　　价　58.00 元

赣版权登字 -07-2024-964

目 录
CONTENTS

第二辑
人世篇

第三辑
儿童篇

第一辑

情感篇

◀ 雨，一直下

午夜的雨，打湿了夜，也迎来了春。

好几天了，天气预报都说有雨，可人们盼啊盼，就是一直没有下来，地里的小麦都要蔫了。春雨贵如油，雨是南方植物重要的营养补给来源。

不知道爷爷被雨淋了没？去看看不？想着想着，小宝居然"呼呼"睡着了，春雨淅淅沥沥，下个不停。

"吃饭！"妈妈把剩饭放在屋檐下的石墩上，爷爷只无力地"哼"了一下，就不出声了。爸爸在一旁敢怒而不敢言，眼睛愤怒地看向山那边。

"爷爷，吃饭了。"小宝去推爷爷，"啊！被子怎么都湿了？爷爷，你好烫！"

"死不了！"

小宝瞪妈妈："哼！"

小宝的爸爸叫小明，妈妈叫小美，说是小美，其实她一点都不美，尤其是肚子里那颗黑了的心。

小明两岁的时候，母亲自杀了，从此，父亲即是爹又是妈，整天把小明带在身边，过来过去，小明都骑在父亲的肩膀上。

"小明，过来。"上学的路上，小俊喊他，"给我背书包。"

"为什么？"

"你是野种！"

"哼！"小明和小俊打了起来，小明很粗壮，他把小俊按在地上说，"敢骂我！谁说我是野种？"

"你本来就是，你妈妈要是不偷人，她会自杀吗？"

从此小明变得蛮不讲理，像刺猬，见人就刺，他没有一个朋友，也不需要朋友，因为他被父亲宠成了皇帝。长大成人后，小明偷偷去找亲生父亲，可那边的哥哥姐姐把他轰了出来。其实，小明不是想去分家产，他只是想认认亲人，因为他还有这边的养父，小明觉得：他比亲生父亲更亲！

小明十七岁就结婚了，小美比他大三岁。别看小明彪悍无比，他对小美特别好，他想拥有、并给孩子一个健康的家，处处让着小美。小美刚来的时候，对公公很好。慢慢地，公公老了，也干不了活啦，小美不再和他一个桌子上吃饭，说看见他鼻涕吐沫的恶心，也不让他在屋子里睡觉，说是小宝没处睡。渐渐地，小宝长大了，他知道护着爷爷，冬天拉爷爷和他睡一张床，说这样不冷。可妈妈不让，最近又把小宝的床换成了单人的。公公老了，他翻身不方便，就干脆还是回屋檐下睡去了。

小明急忙把父亲送进了医院，可已经晚了。

雨，一直下。

出殡那天，小宝看见，父亲一直跪在泥泞里，春暖还寒，他的脸渐渐变得苍白起来，邻里们说："小明，天冷，别总是跪在泥水里了！你爹若是在天有灵，他也会不安生、会心疼的。"

"爹！"小明失声痛哭，"儿子对不起你，一直以来，你就是儿子的天，我做梦也没想到，自己会找个丧心病狂的女人……"

"什么丧心病狂？"小美到现在还不示弱，她从送葬队伍里跳出来，"想当初，可是你死乞白赖要娶我！"

小明不理她，送葬的队伍继续前行，春雨连绵。

雨，一直下。

棺材入地，土一寸寸高起来，小明要围着燃烧的纸房子绕三圈，父亲的出葬才算结束，可他已经站不起来了。小美愤怒地饶了三圈，她就骂骂咧咧地回家走了。送葬的人都陆续返回了。小宝拉父亲回家，可他不言不语，也不走，风雨中，小宝又陪父亲呆了一个晚上。

这里的风俗都讲究，人死的头三天，每晚天黑前都要为他点上自制的油灯，说是那样才能看见去阴间的路。小明就那样三天三夜守在父亲的坟前，白天黑夜点着油灯，他要陪父亲再一起走一程……

小明终于回家了，人们都以为他会大病一场，可刚到家，他就愤怒地咆哮起来："臭婆娘，你给我出来！"

"出来怎么的？"小美比他还横，"想翻天吗？"

"滚，你给我滚出这个家！"

"我滚？你滚吧！"

"他妈的，我让你横！"小明一把抓住了小美的头发，用力按在地上，边打边说："给脸不要脸！老子打死你，我坐牢去。"

邻里们赶来，把他们分开。小明进屋，翻箱倒柜的找，之后，他背着大包，打工走了，再也没回来……

雨，一直在下。

◀ 释放孤独

不明白怎么了？这些天来，心里特不痛快，有种想与人打一架的冲动。

不才凌晨三点多钟吗？怎么总是翻来覆去睡不着呢？也好，孙子昨晚不是让我早点叫他吗？

"嘿嘿！"想到孙子，我实在是想笑，感觉他像小时候的我：淘！这个孩子一直爱赖床，叫他起床，他总是说知道了，其实根本就没有睁眼，还在继续睡，所以还得继续叫第二次、第三次，甚至无数次，正好，反正我也无事可做。可他爸爸不行，不爱说话，脾气很大，叫一次还好，第二次准翻脸，闹得两人关系很紧张，我还得来回给他们做调解工作。

看看才五点，再等等吧！孩子觉多，看他总是昏昏欲睡，醒不来，怪让人心痛的，真想把时间分点给他，正思索中，孙子那边有了响动，他居然自己起来了。哈，今天这是怎么了？太阳不会在西边吧！

一会儿工夫，孙子跟我告别，说他有事，要早点出门。

起床？时间还早，做早餐又早了点。锻炼身体去？用得着吗？每天那么多的时间，各项动作不知要重复多少次呢！干脆，还靠会儿，嘿嘿，全成了靠会儿了，转身看看靠枕，二十年来，都不知道靠坏了多少个了——感觉挺浪费的。

"哟，赶紧吃，晚了吧！"

儿子看看表，没吱声。我心里有些歉意，说是靠会儿，竟然睡着了。奇怪，退休这么多年来，这还是头一次，刚退休那阵，心里特痛快，心想，终于可以随心所欲安排自己的时间了，之后，就陷入了退休人员的通病：闲的难受！

儿子放下碗后在发呆，我催他："赶紧走啊！不是晚了吗？"

"晚了就晚了呗！"

"赶早不赶晚！"我的语气居然生硬得可怕。

儿子陌生地看着我嘟囔："这是怎么了？"

是啊！今天这是怎么啦？儿子一步一回头地走了，眼睛里满是疑惑。在水池里冲洗两个人的碗筷，觉得这活熟惯的像自己的左右手，心里反倒多了些惬意；都说八十多岁的人了，你歇歇吧！我心想，算了吧！我都快闲得憋死了。

"老师早啊！"

"早！今天忙吗？"

"忙！"村乡里，上午是没人闲的，和我擦肩而过的人们，都忙地里活去了。儿子也有活，可他不让我上山，说是我年轻时都没干过活，何况现在岁数还大了。

"叮铃铃……"孙子的手机居然忘了带了，急忙跑回去看，哈哈，是外地的女儿："老爸！最近过的怎么样啊！？"

"挺好！挺好！"女儿像小棉袄，总是让我开心，可越是这样，我越不想让女儿操心，跟她通电话我总是报喜不报忧，希望她和家人能开开心心。挂了电话，又走出了家门……

"老师，下午继续打牌哈！"

"好好好！继续。"看着村医一瘸一拐地走了，我心想，也就是现在吧！以前，我都懒得看你们。年轻时工作在外地，家乡人很少见到我，他们都在问我老伴：你当家的到底长得啥样啊？偶有遇见者，他们总会大呼："好帅气的男人啊！"

也有人说："傲着呢！他都不尿咱们！"

好不容易熬到午睡起来，我急匆匆向村医家赶去。村医五十多岁，光棍一个，老伴去世后，女儿出嫁了，儿子也"出嫁"了，去了很远的外地入赘。

"还睡呢？"

"这就起！刚躺下。"

"这人们，什么时候了，还在家不出来。"

"别急！"村医睡意朦胧地出来，"咱们慢慢等。"

太阳渐渐西去，天气开始凉爽下来，终于凑够四个人，老规矩，打扑克坐对家，捡四十五分升一级。眼见他们一路飙升，我心里不服，问对家："方块有分吗？"

"有十。"

"来了。"我急忙出了个 A，方块十分，稳稳当当地放在我的手下边，我说："还差十分啊！"

"来明的了？"村医脸上有一丝不悦。

"黑桃 A。"得意洋洋，不理他的抗议，我又出了一张。

"给你十分！"村医带着气，把黑桃十扔到我的方块十上，看热闹的大歪说："哈哈，扎到他的独十了。"

我心喜悦，心想，才不是呢！果然，村医急了："黑桃，我手里多呢！"

大歪不信："骗谁呢？"

"啪叽！"村医把一串黑桃摔在了桌子上，"这是什么？"

"那你傻、傻了？"大歪结巴上来了。

"他们不想升级吗！我给。"村医气得不轻，他愤怒地说。

"哈哈！"我在心里暗笑，喜滋滋地，终于有人在意我了，感觉，比跟人打一架还解气，我释放着孤独……

◀ 富二代

　　俩人刚恋爱不久，云峰准备出去逛街，想给自己买些衣服，女友多多说她也要去。和平街，精致的商店，装饰的新颖而别致，装修材料质地考究，昂贵中透着典雅，店里的客人不多，都斯斯文文的。

　　"欢迎先生、女士！"门童鞠躬。云峰神气地挺胸。

　　进门，在服务员领路的途中，橱窗里，一件浅紫色的连衣裙赫然耀入多多的眼中，她的步伐慢下来，也想起了表妹前天说的话："时装发布会上，有一件特漂亮的衣服，那款式，绝对新潮。"

　　仔细观察，多多觉得，眼前这件就应该是那款，服务员见多多观望，急忙滔滔不绝地介绍："那是最新进口，昨天刚到的法国货，设计师称它们为蓝色系列，上面配有紫色的钻石，这个是同款中颜色最浅的紫色。"

　　多多走过去，拿起来细端详，问身边的云峰："你觉得怎样？"

　　云峰拿起衣料看，点点头又摇头，放下后又想伸手去拿，欲言又止。正好，老板取来了更多的款式，云峰也就什么都不用说了，多多看了之后，她又拿起了喜欢的那件……

"哎哟！"多多突然一声叫唤，内急的样子。

"这儿，请跟我来。"

"找找你需要的款式，我马上回来。"多多对云峰说，慌慌张张地跑了。

见多多的影子消失，云峰急忙拿起标签看价格。可他的电话响了，接听后急急忙忙出门，钻进奥迪，他匆匆发动车子走了，一路上，他一直都在打电话。

多多找不到云峰，正着急，云峰的朋友军子赶来。

"你怎么来了？"

"云峰有急事，让我先过来陪你挑衣服。"

其实，云峰身上没带钱，回家，母亲没在，他只得在自己的房间里翻箱倒柜，可一个镚子也没找到，不得不给父亲打电话，心里祈祷着：千万千万别挂电话呀！可电话居然没人接，算了，反正也不想听父亲整天说教，跟好友逗逗求救，约定商店门口见。

"嘎吱"一辆跑车停下，逗逗终于来了，云峰急忙问："你今天怎么这么慢呢？"

"废话！"

"好好好，说，带了多少钱？"

"我妈不给！"可逗逗却神秘地把头伸向了云峰，小声在他耳边嘀咕："昨晚我看见了，我妈保险柜有现金，可是我打不开！"

"走！"云峰上了奥迪，逗逗上了跑车，两人风驰电涌般前后离去，拥挤的和平商业街，硬是被他们俩冲出一条整齐的长廊，两边，挤满了羡慕的人。

商店这边，多多一直看外面，军子也急，他漫步去到商店考究的窗子前，见多多没注意，赶紧拿出电话小声问："逗逗，你们在哪儿？"

"军子，他们来了吗？"多多看见了，她向他走过来，军子见状，急忙挂了电话说："妈的，也不是他有什么破事？"

"那我们也别等了，走吧！"

"不急不急，说马上就到了。"

一会儿，云峰和逗逗到了，逗逗在门口喊："军子，出来一下！"

多多也跟出去，可逗逗却急忙挤过来拦住她问："挑好了吗？"

"好了，这个款式，漂亮吗？"

"漂亮！"逗逗看看，又斜眼歪头再看，"别说，还真漂亮！"

店外，云峰和军子正在车上数钱："坏了，还差一点！"

"我看看。"军子摸摸衣服兜，"正好！我这里还有点！"

下车，进店，两个人神气地东张西望，柜台前，服务员把衣服打包，装好，恭敬地递给多多说："您走好！"

去收银台，云峰掏出了一堆钱：二十的、十元的、五元的、一元的……

"先生，这是？"

"付钱啊！"

此时，多多独自提着衣服出店，消失在了人群中。

"十万八千元！"服务员舒心地笑了，"多多小姐去卫生间之前已刷过卡，她是这里的常客，著名的设计师。"

　　看多多身影不见，三人急匆匆追出去，奥迪和宝马前面冲，跑车后面跟着，三辆车疾驰而去，大街上，人们都愤怒地嘟囔："有钱了不起啊？神经病！"

　　逗逗家，有人在大声嚷嚷："喂，110吗？我家被盗了……"

◀ 手机，为你关……

已经三天了，雪儿的心情很差很差，她什么也不想做，也不吃饭！

坐在床上，雪儿不停地看着手机；她的手机已经好多天没有接到一条信息了，更不用说是电话了；以前的时光雪儿总是在想：自己的手机早已没有用处了，因为这多少年来她都在家人的身边，寸步不离，她不喜欢交朋友，也没有朋友。于是她的手机就被久久地放置到了一边。

当阿宝突然走进了她的生活后，手机就形影不离地成了雪儿的朋友，因为距离遥远，他们只能靠用手机来联络，说着一些不为人知的悄悄话，哪怕是上洗手间，雪儿也是要在手里拿着它，家人都不明白她这是怎么啦！

通过手机信息聊天，雪儿和阿宝都互相知道了对方的生活习俗，早晨阿宝总是会在他起床的时候，在线的那边用信息向她问好，并告诉她适当地添加衣服等，白天只要他不忙了，他就会和雪儿说一些家长里短，说一些人间风情；尤其是夜晚，在他闲空下来之后，他们更会愉快地聊情感，聊人生，聊他们共同的爱好和兴趣。就这样一天天，他们几乎是从来没有间断过；最多也是阿宝在很忙很忙时，才偶尔间隔几个小时。可最近不知怎么了？手机突然变得静悄悄。

雪儿看看沉默了的手机，她感到很茫然！雪儿的心情很烦躁！一天中，她耐心地等待着，直到晚上手机自动关机。当清晨的那第一缕阳光再次洒向大地的时候，雪儿再次从朦胧的思念中清醒来，没了睡意，她又在等待那问候的音乐铃声；可无论她怎样的期待，手机依然还是静悄悄。

气温在一夜之间降到零下；天空也慢慢阴暗下来，就像雪儿此时的心情。下雪了，那大片大片的雪花在空中慢悠悠飞舞着，它似乎是在欣赏自己那多采的风姿；又更像是在兴灾乐祸地看着雪儿的辛酸，雪儿看着这些又好气又好玩的雪花，心中是说不出的焦虑。

可是，忙碌一年的人们却突然可以轻松下来了，他们或一堆堆、一丛丛的闲聊；又或三五个人地玩扑克、玩麻将等。孩子们也乐了，因为他们终于迎来了 2009 年的第一场雪，可以在饭后课余堆雪人、打雪仗；还可以尽情地在茫茫的雪地里自由自在地奔跑。看着孩子们嬉戏的玩耍，雪儿会开心地笑！可瞬间的工夫，烦躁就又占据了她的心灵

又一天过去了，无奈的看着电脑，觉得也没有什么事情可做，再看看墙上的挂钟，时间才指向 20 点 10 分，此时虽是电视剧播

出的黄金时段，但雪儿却是坐卧不安；电视里播出的各种类型的剧种，它们还在不停地继续着导演的思路，或喜或悲，把雪儿的家人总是带进那种情感的极限，或大笑或叹息；但雪儿呆痴的神经，总是在这个时候找不到大家情绪变换的因由；故事还在继续，观众还在继续，只有雪儿的思想是麻木的，她只在想着阿宝：他怎么啦？他为什么不理我？那怕只给一个信息也好啊！这样无奈着，手机在静了一天后又自动关机了。

又是一个清晨来临了！同样的心境，同样的遭遇，雪儿在等待着。可手机好像在和雪儿开玩笑，不管雪儿是怎样焦急，它就是一声不吭。雪儿这一天的时间就更难过了，她不明白阿宝这到底是什么意思！为什么要她那样肝肠寸断的等待？以前雪儿对于"魂不守舍"这类的词是从来不去研究的，干脆认为它都是没用的词汇，此时她就是这样的心情，再看看手机，雪儿觉得它是那么的讨厌，怎么就一声不吭呢！简直就是个没用的废物，她就把手机重重地摔在沙发上，走了。

躺在床上以后，雪儿总是听见手机铃声在响，于是，她又赶紧捡回了手机，因为她怕手机突然响起没听见；可不久后她又生气再一次把手机扔在了床上。

中午了，雪儿望着厚厚的积雪，想想阿宝，他是不是不要自己了？雪儿有些害怕，可她更生气，她赌气地关上了手机，大声地喊到："气死我了！气死我了，你是不理我吗？我也不理你！"渐渐地，她就睡着了。

"雪儿，你在做什么呢？"

"讨厌，怎么好几天也没有你的消息啊？"雪儿拿起好像有几个世纪没有声息的、又突然铃声响起的手机，便听到了这样的话语；于是，便不加思索地喊出了自己的怨气。

"对不起了……"

"我不要'对不起'！"

"好好好，以后不会了！"阿宝那边陪着笑脸，见雪儿没有说什么，又接着说："这几天我实在是太忙了！"

"忙什么呢？就是再忙你也该跟我说一声啊！省得我这样担心你。"

"对不起！让你担心了。"

……

模模糊糊中，阿宝在一步步向她走来，嘴中喃喃自语道："我这不来看你了？"

"是真的？你真的是来看我的吗？"

"雪儿、雪儿，醒醒！"雪儿朦朦胧胧的，感觉家人在叫她："醒醒，雪儿。"

"我睡着了？"

"中午也作梦啊？还说梦话，谁气死你了？"

梦中的话语在脑海中一晃而过，雪儿突然想起了什么似地拿起自己的手机，很快便又失望地把它丢到一边，因为她看见自己的手机还关着呢！接着又闷闷不乐地倒在了床上，心中默默念道：手机，为你关。

◀ 用生命捍卫爱

刘金要结婚了。想象不到的是，新娘是比他小很多的漂亮姑娘李华。

李华虽然漂亮聪慧，可她家成分不好，她的妈妈是地主，她就理所应当的成了地主狗崽子，婚姻大事是一拖再拖，愣是找不到如意的姻缘，眼看她在同龄人中都成老姑娘没人要了，就被迫在媒婆地安排下，来和刘金对象了。

李华的妈妈对于刘金是满心的喜欢，因为他是正宗的贫农，根红苗正；虽然他的皮肤是黑不溜秋的，但长相倒也不丑。

他们结婚后，李华很安分地跟刘金生活着，她曾几度怀孕，可肚子里的孩子不是夭折就是早产，这给李华的打击很大，因为一家人都在期盼着孩子的诞生，刘金岁数不小了，他的弟弟也还光棍着，结结巴巴地，也都在盼望将来能有一个养老的人。

老实巴交的刘金，假装的事情做不来，侍候了一个又一个月子，孩子却不见一个，他心里很不顺气，不知道李华怎么就生不出像样的孩子来，对李华也相应冷落了；思来想去的结果就是去找算命先生算了一卦，还好，算命先生说：那是他们房地基有问题，这里注定无后。

话虽这么说，可刘金对李华的态度在渐渐变坏，有时还会狠狠的揍她一顿，受气的李华就时时往娘家跑，慢慢地，她也不想再跟刘金过了。

"这岂是她说了能算的！"刘金老实得成了一根筋，封建的思想依然很严重，心里这样想，嘴里也念叨着："我不要她可以，哪能是她休了我呢？"

于是，他就去李华娘家接她去了，李华不肯回，急了的刘金吓唬她说："你要不跟我回去，我就去公社告你们，说地主要翻身。"

被常常斗来斗去的李华妈妈，瞬间吓破了胆，她立即就让女儿随刘金回家去，女儿李华也不敢再多言。一年后，她终于在回娘家的路上生下了一个男孩，小男孩很帅气，猴精猴精的。全家人都把他当掌上明珠。李华给孩子取名叫小强。不知不觉，小强就要满三岁了。李华也不像过去那样总是把自己封闭在家里了，大街上就能看见她漂亮的身姿，以及小强还蹒跚的步履。

可外边却传言说：小强是个野种，他不是刘金亲生的儿子。传言归传言，关键是：刘金好像根本不在乎儿子不是他亲生的，感觉他是把儿子含在嘴里怕化了，捧在手心怕掉了。

小强满三岁后的第四天清晨，当我还在朦朦胧胧的睡意中时，便听见李华去世的消息，怎么可能呢？她还那么年轻啊！我急急忙忙地爬起来冲向人群，一堆堆一丛丛的人们正围在一起议论纷纷。原来，李华是喝剧毒农药敌敌畏自杀的。

没有哭声没有宣泄，刘家的上空都好像笼罩一层阴影，十来个粗粗壮壮的男人，三天以后就把李华的尸骨抬上山掩埋了；年幼的小强还在竹林里来回地穿梭着告诉亲人们："奶奶，我妈在这儿。""奶奶，我妈在那儿。"

老太太便迷信地端来大米、绿豆等各种粮食混杂物在林子里抛撒着，嘴里还念念有词。

据知情人说：李华在刘家受到打骂后，就对刘金渐渐失去了信心，在她总回娘家的过程中，认识了一个医生，医生对她是百般呵护，李华就爱上了这个比大十多岁的英俊男人，可遗憾的是他早已有了家室，孩子都已经好几个了，李华倒是很知足的，她不争不抢的，就那样常常借口回娘家和他私会，后来便生下了精灵的小强。

医生的妻子老实本分，虽然她也知道了李华和丈夫的关系，却从来也没有吵闹过，而且和李华处得跟姐妹似的；因为刘金的家里劳动力过剩，外边有身强力壮的哥儿俩顶着，家务有刘金的母亲做，李华在这个家也落得很逍遥自在，没事的时候，她还帮医生所有的家人做做布鞋、衣服什么的。当她回家的次数越来越多时，慢慢地，刘金也发现了李华常常回家的秘密。

生产队的农活总是干不完，那是因为各种工作组事情太多，他们要检查老百姓所有的言谈举止，尤其是那些见不得人的男女关系，更是他们要打击的对象，并且偷情的人往往还会被他们抓去判监刑，一坐就是好几年；关于李华的私情，不知工作组从哪里得到的确切信息，他们就开始搜集李华偷人的证据。

晚上，工作组找到了刘金，问他关于李华的各种行为，憨厚的刘金没有想过事情的后果，便全部如实禀报说："李华每月都要回娘家好几次。"还肯定她那就是回去找那个医生的。工作组的人都黑着脸走了，李华一看东窗事要发，她和医生的事情马上就要暴露了，她不想连累自己心爱的人，更不想让他去坐牢，她便在刘金睡熟以后自杀了。据说：她死的样子很可怕，身上黑青黑青的。

李华死了，医生不仅免出了牢狱之灾，而且还保全了他喜爱的工作。既然李华是用生命在捍卫他们的爱，医生也不得不默认了，虽然他的行为将永远受到人们的唾弃，但他为了李华的在天之灵能得到安慰，他也只能眼睁睁的把他们的儿子小强留给了刘金……

这一年，李华才刚刚二十四岁。

◀ 扭曲的灵魂

大家都随胡大娘叫她的小女儿为七妹。

小七妹六岁了，可爱漂亮，细嫩的皮肤洁白洁白的，嘻嘻哈哈地，她总爱笑，一对小酒窝便常常挂在她的嘴边上了，一双漂亮的大眼睛忽闪忽闪，头上的小羊角总是弯弯的梳在耳朵上方，走起路来飘啊飘的。

叔叔的小儿子小四和妹妹同年，都比七妹小一岁，他们总在一起玩，因为家隔得不远，七妹就总来我家找妹妹玩。

我家门前有一口老井，老深老深的，据大人们说，它已经有上百年的历史，养育了我们这一代又一代的人；水清凉可口，我们附近的人家都在饮用它。突然的一天，妹妹掉进了井里，奶奶赶紧把她捞出来，见人就说：是对面叔叔的女儿小英把妹妹扔下去的，可我们谁也不相信。

小英已经是十六七岁的大姑娘了，因为家里贫穷，她没有上过学，整天的背着个竹篓割牛草，个性很精灵古怪，她的行为一直都是在人们面前冲来冲去的，也不和人们说话，好像谁欠着她什么似的，她脑子里整天算计的就是怎样把草填满自己的背框，当然，她最知道哪里有草，哪里的草已经被割了，要什么时候才能长出来，小四的姐姐就总是央求她割草的时候能带上自己，可总也没有她快，更没有她割得多，不割草跟着玩的孩子还常常发现她在抱别人背篓里的草。

总之，她的行为让人琢磨不透，极其的叛逆，灵魂好像是被扭曲了。奶奶说妹妹是被她扔进井里的，我们就不能相信了，因为这是人命关天的事啊！

没隔几天后，小四也掉在那口井里了，他是被过路的人救起来的，小四的家人都怀疑这事还是小英做的，因为他们都听见过奶奶说妹妹掉井里的事；小四的姐姐就经常跟我磨叨：他们全家人都在猜疑这事一定与小英有关；还好，反正也没出事，一切都不了了之了，怀疑只是一个话题而已。

"七妹，七妹在哪儿？你该回家了。"夕阳快要落山了，它染红了西边的天际，邻家奶奶的烟囱里已升起了阵阵炊烟，我隐隐约约听见胡大娘在远处叫喊女儿的声音，人们都没有太去在意，因为胡大娘总是会这样寻找跑出去玩耍的小七妹；天，渐渐的黑了下来，胡大娘家依然不见小七妹的身影，所有的人都惊慌了，我们也都赶紧出去帮着去找，一夜过去了，又一天过去了，小七妹就像是消失了似的。

第三天中午的时候，在一里外的另一个生产队，有人在小水荡里发现漂浮起来的七妹，七妹已经淹死了。

七妹死得很可怜，她的脚手都被用捆头发的胶皮线绑着，而且手还是反背在后面的，打捞起来后这些地方都是黑青的。胡大娘呼天喊地，我们都吓得不敢近身去看；民兵和治安们排着队地寻找，凶手锁定在小英的身上，因为那天有人见她带走了小七妹；同时也有人在远处看见小英在出事地方割草的身影；当所有的相关人员都审问她时，她却是和平常一样面不改色心不跳，反正就是一句话也不说，她的父亲见问不出对她有害的事宜，就开始狗横狗横的吓唬七妹的家人，因为他也是在大队里管事的；没有办法，七妹的死就成悬案不了了之了，不管胡大娘平常是多么的精明，此时都无济于事了。

之后的小英，没事人似的，她依然天天背着竹篓割牛草，也依然在人们面前冲来冲去的没话语，人们不再像先前那样的待见她，似乎是都怕沾上她身上的邪气。我们也都远远的躲着她，恍惚她就是一个可怕幽灵！

几年后，小英也到了该成家的年纪了，不说不道却又性格急噪的她，简直可以用"坐立不安"来形容她的婚姻，凡是有年轻小伙子的家她都贴，不管人家愿意不愿意，她就跑到别人的家里住着不走，尽管别人不想留她，可也不能直接撵呀！这让人们都厌烦不已。我的哥哥岁数比她大不少，她也在我们家住过好多天，只见此时的她整天都傻呵呵的乐，跟我哥也有说有笑了！她的妈妈无计可施，就对我说：我们是一家子啊！不能成婚的，随后又自言自语地骂她闺女道："真是个不要脸的骚货！怎么不死了哦！"。

我们家没人理她，她的父母也在家里直吓唬她，连骂带劝地帮她分析这事是不可能的，这样她才慢慢不上我们家来了。

又隔了两年，小英的婚姻才如愿，她终于在二十里外的地方成家了，还生了一个女儿，小女孩非常聪明，学习成绩很优秀，尤其是在农村，人人都想鲤鱼跳龙门的时刻，她得到了很多人的羡慕，女儿也争气，她如愿以偿地考上了大学。可就在全家人都高兴不已的时候，小英却失踪了，他的家人怎么也找不到她了。据当地的人们猜测说：她可能是跟外地的男人跑了，因为他们那里去过一个外地来烧瓦的人，外地人没了，她也就接着失踪了。但在这之前，她的一举一动都没有任何的征兆。

小英的父亲是一个非常精明的人，小英的种种行为让他觉得很气愤，之前就和他的丈夫商量，想要悄悄地弄死她。小英的丈夫不愿意，那毕竟是和他同床共枕的人啊！现在又跟别人跑了，就更坚定了小英父亲这样的决心，但却苦于找不到她。

就这样小英永远的失踪了，再也没有人见过她。

当然，关于她的失踪，也有不同的版本，有人甚至这样怀疑：她真的是被她的父亲秘密弄死了……

◀ 他要寻觅的爱情

"轰隆！"一声清脆的巨雷，瞬间把我从午夜的睡梦中惊醒。

"不怕，不怕。"睡在身边的丈夫条件反射似的急忙伸手搂住了我，他的意识是朦胧的，却含含糊糊地安慰说："这是在响雷！"

丈夫是爱我的，快二十年了，他就这样精心的呵护着我，没有任何的怨言，我病了，哪怕就是轻微的感冒，他都会寸步不移地看着我，帮我细心地数药片，帮我吹凉了白开水，再把这些都一样一样地送到我的手里；如果药是苦的，我就会像小孩子一样的耍赖不吃，此时他就会哄我，直到我好了为止。如果我告诉他：某处被划伤或者是长了个小疙瘩，他都会用手轻轻地揉揉，嘴里安慰说："没事的，没事的……"

谁说女人就是做保姆的命！我就不是，只要丈夫在家里，他便包揽了全部的家务活，洗衣服做饭，擦地洗碗，我甚至好几天连手都不会湿一次，闲得体质弱弱的。

丈夫都是叫我"小女"，那言下之意就是把我当女儿一样的疼爱；最好的东西永远都是我的，孩子看上一样好的喜欢的东西时，他就会唠唠叨叨的嫌贵；可对我，他却从来没有说过一这个"不"字。

我是一个外地人，离家很远，我认识他的时候，打心眼里看不起他：个子矮矮的，还是一个小商贩；可他的憨厚却让我永远地留在了这里，我一点点都不爱他，对他的表情永远都是冰冷冰凉的，更没有点滴的关心过他，还明确地告诉他说：我是不爱他的，可他却说：他爱我，不管是什么样的我，他都爱！

突然接到周洲的电话，他说他想来看我，也同时寻觅寻觅他的爱情。

周洲是和我青梅竹马的男人，高大英俊。他爱我是每一个人都知道的事实；可我就是不能接受他，或许是因为我太了解他吧！尤其讨厌他的懒惰以及暴躁的性格。记得那时我们都还是十五六岁懵懂的少年，他说他爱我，我也很开心；我们就像小孩子过家家那样欢快不已，随着年龄的增长，我感到事情不妙便开始渐渐地远离他，他也没有说什么，却在十七岁时就宣布结婚了，我松了一口气，像是终于得到了解脱。大学毕业后我就离开了家乡，与他再也没有见过。可听家人说，他的日子过得并不幸福，他和妻子总是你死我活地掐，跟我联系上以后告诉我说：已和妻子分居三年。

周洲不是开玩笑，他真的来了，像是他家似的一住就是二十多天，我都嫌麻烦了，他也没有要走的意思；同时他也已经从一个英俊少年变成了中年人，胖胖的，是我不能接受的那种。他问我为什么当初不选择他？我很奇怪他的想法，说："当初你不是早早就结婚了吗？我还在上中学呢！"他说他那是在和我赌气。

他不厌其烦地跟我说了他二十多年来全部的生活，包括和他妻子的感情，我劝他要珍惜儿女，以及那个他和妻子辛辛苦苦建立起来的家，他说儿女们都长大可以没有他了。尤其是那话里话外，都包含着要带我走，希望我们能在后半身一起快乐地生活。周洲当然也明白，我的劝说就最好的回答。

当他看见我丈夫的时候，不屑地问我："他比我好吗？"我明白他的意思，解释说："他确实没有你高大英俊。"他又问我："到底是爱他什么呢？"接着自己又自言自语地说："当然，我没有他富有！"我没有话语算是做了回答；他非要我带他去丈夫的老家看看，看了后失望地说："这地方也不好嘛！不知道你为什么就选择这里？"我知道跟他说不清，也不想跟他解释，好不好我自己清楚就行！

周洲走了，他是带着幸灾乐祸的心情走的，我猜想，他的心里肯定平衡了许多。我依然还是过着我自己的生活，丈夫也依然用心呵护着我。

由于和妻子闹离婚，周洲是净身出户的，其实他家本来也没有什么；自己懒又不想干活，从我这离开后便身无分文了，总是跟我打电话说没钱吃饭，我给他寄过两次后就婉言拒绝他再借钱的要求了。我一点也感觉不到他说的他对我的爱！一个自称英俊的高大男人，却这样三番五次地，跟他自己认为心爱的女人厚颜无耻的要钱，并且还常常要赖说："你就不管我了？我死了算了！"或者又说："你从来就不想我的难处？你帮帮我就这么难吗？我是跟你借钱，又不是白要你的！"

很奇怪，那不是白要又是什么呢？好像我就开着银行似的！他也像是一个无底洞永远都填不满，不知道此时的他，心里是不是还是那样幸灾乐祸。有时我急了也说："你怎么不给我点呢？那怕给我一分也好啊！钱又不会自己从天上掉下来，我的钱也是你看不起的那个男人一分一分挣来的……"

他就会好长时间不理我，我也落得逍遥自在。时间已经改变一切，他再也不是我熟悉的他了，我不知道他还有没有一点羞耻心。庆幸我当初没有选择他，同时也明白了他想要寻觅的爱情。

周洲从我这里再也要不出钱了，就渐渐没了他的消息。我们的生活也平静了下来，丈夫依然把我当成他手心里的宝，他还是亲昵地称呼我"小女"。

◀ 房奴，让我月薪变负数

破旧的家拥挤不堪，两间平房仅有二十平米左右；还好，儿子已经上大学了，平常不在家里住。

妻把东边的一间，横着从中间一分为二，女儿住在靠北面的后半截里，黑咕隆咚的，进门就得上床，没有任何多余的闲地，我和妻住在前面临窗的地方，虽然面积也不大，但也还能进进出出的；西边的一间，则是我们全家人活动的地方，它既是客厅、饭厅、书房，走廊等集多功能于一身的地方，又还是儿了回家后的卧室。尽管房间这么小，可这也是我们来本市后，东借西贷才买来的，并且还用了好几年的时间去偿还债务。现在终于有一些积蓄，房子也增值了，我们全家都高兴不已，生活轻松了许多。

可不知从何时起，小城的建筑日新月异，到处是林立的新楼，一轮又一轮的购房热，让我和家人也很眼谗。女儿怂恿我，妻子也笑。我便下决心要买房了。

算来算去，把现在居住的房子卖了，加上家里的积蓄，凑合也能买个小居室，我和妻子便开始大张旗鼓地去看房，寻来看去，我们终于找到了喜欢的楼盘，交了首付后，就开始出售自家的房子了。还算顺利，房很快就被买走了，我们也只得先去找出租屋住，一家人就开始等待新房竣工。等待的日子是焦急的，也是幸福的，妻把所有的日常用品都彻彻底底清洗了一番，还把被褥等都去旧返新的重新缝制过了，我们就开始想象、计划着将怎样来装修新房子。虽然也是两居室，可小女儿终于有自己独自的房间了，她也在计划着自己的小天地。

妻突然病了，医院诊断为子宫癌。我心痛不已，想方设法要挽救她的生命，如果没有了妻，买来新房还有何意义！孩子们又该是怎样一番凄凉？来来回回的求医问药，化疗、手术好一阵折腾；妻子的病情稳定了，可，我们准备买房子的钱却花了个精光。

不买吗？一家人住哪儿？总不能就永远住出租屋吧！买，拿什么去买？

妻的身体渐渐恢复了很多，但不知道病情是否还会反复。我决心在她还健在的日子里继续买房的计划，好让她也能真正的开心一回。但却怎么也挡不住妻来与我帮忙，于是我们便分头去亲戚朋友家挨家挨户借钱了，这家三百，那家二百，所有的人都借过了，可到手的钱加上首付，还仅仅只是买房的一半而已。怎么办？就算是加上银行贷款，也还要差十多万呢！我无计可施。

老父亲得知后，也匆匆忙忙地从家乡赶来，他带来了家乡特产，还带来了家乡亲人们的关怀，更带了家里所有的钱财，我不肯收，因为这是老父亲用一点一滴的汗水换来的辛苦钱啊！这里面还有他准备用来买棺材板的费用，妻感动不已，说什么都要让老人家把钱带回去；父亲慈祥地笑了，说："收下吧，你们这也占不了便宜，因为我这就准备在这儿养老了。"

我知道父亲是在跟我们找台阶下；父亲也真的住了好多天后，才找了个适当的理由离开了。

儿子上学的费用不扉，现今也只有靠他自力更生、勤工俭学了，还好，儿子很懂事，知道家里的情况后，竟然真的好几个月没有给家里要钱了，他说他在学校找了份能赚钱的差事；这倒是减少了我一份压力；但妻还是必须要常去医院复查的，以前都是我陪着她去，现在她是说什么都不让我去了，说省点是点的。

偶然在大街上碰见了以前的同事，说他家早就住上了新房，好一阵羡慕，很想跟他借点钱以补充我还亏虚的房款，可还没等得及开口，却得知他也变成了名副其实的房奴，正愁眉苦脸呢！我也不能再说借钱的事了，把真正了解这个社会表面繁华后多了的一份愁绪也一起带回了家。

妻的一个朋友来看望她，说起头房子差钱的事，她们也是东一头西一趟的瞎撞，最终也是债务累累的做了房子的奴隶。谁说不差钱呢？人们是处处都缺钱。

眼看新房就要竣工了，再借钱的事情却仍然一筹莫展，妻以前是跑保险的，她认识很多的有钱人，有人建议说应该去找找他们；妻也顾不得自己的身体好坏，就匆匆忙忙去了，出乎我的预料，事情办得还很顺利，妻说也没费多少周折，对方就爽快地借给了十万，说是要利息的！妻说：利息就利息吧！别的人给利息不还没有吗！我和妻还有一个同样的想法，给利息的也好，省得落人情。

钥匙拿到了，房子装修了，我们全家都开开心心地搬进了新家。

可事情往往都是福祸相依，就在我们都开心幸福的时候，悲哀的事情也来了，我们的房贷已经开始生效。妻本就是临时跑保险的人员，因为有病也早已没有去工作了，我的工资就是还款的唯一来源；银行系统是按时扣除的；私人的先拖一拖，可妻子找有钱人借的却是高利贷，每月都有昂贵的利息，细细算来，我每月的工资除了还银行以外，剩下的就必须用来还高利贷，可结果却是还需往里倒贴一百元；真是迎面一盆凉水，浇得我透心凉。

看这事弄得，成为这房奴，不仅全家人没了生活来源，还让我的月薪变成了负数！

◆ 愉快的晚餐

....

"宝贝……"美丽的小雨正在爱的欲海里，尽情的畅游时，阿彪在她的耳边正轻轻地呼唤着，他们已经把爱演绎到最后的佳境。

"嗯！"小雨的身体在燃烧，她忘情地、没有意识地、轻轻地呻吟着，寻找着阿彪炙热的唇。

"我的宝贝，我爱你！"阿彪的身体在抽搐，他在深深地、深深地吻着小雨，小雨细长的手臂也紧紧地环抱着他沉重的身躯，她似乎已经迫不及待，正慌乱地狠狠吻着爱人的嘴唇、脖子、脸，嘴里还在喃喃地叫着"哥哥"。

夜幕渐渐降临了，古老而美丽的北京城早已是一片灯火辉煌，阿彪和小雨紧紧地相拥着，他们还在冷静情素，慢慢地退出那爱的氛围，之后便也随那茫茫的人潮去晚餐了。

"先生、女士，您们好！来点什么？"刚刚坐进餐厅，一位手捧菜谱的漂亮女生就来到了他们的身边礼貌地问。

"谢谢！有水饺吗？"阿彪没有任何思考地问着，顺手接过了那精致的菜谱放在餐桌上。

"有的。"美丽的服务生脸上始终都着甜甜的微笑。

"都有什么陷的？"看起来，阿彪早已是这儿的常客。

"现在只有鸡蛋韭菜和猪肉大葱的。"

"你来点什么的？"阿彪把目光转向了对面漂亮的小雨，轻轻地问道。

"我要鸡蛋的。"

"小姐，一样半斤吧！"

此时的阿彪没有一丝倦意，小雨幸福地看着自己心爱的男人，他正手舞足蹈地比划着跟自己说话；当水饺上桌以后，他们便开始了愉快的晚餐；小雨的食量不大，再说她也不喜欢吃水饺，慢悠悠地嚼着，她的心情却是复杂的；因为她不知道阿彪是不是真的爱自己。可看得出阿彪虽然一直都在不停地说着话，但他对小雨的眼光却是充满柔情的。

小雨爱阿彪，就像是爱自己的生命，她不能自己，每天都渴望见到他，时时都渴望拥有他，但小雨也知道爱他的女人很多。这样想着，却听见阿彪说："亲爱的，我们伙着吃！"

"好。"于是，他们没有分你我，把两盘水饺放在了桌子中间，随意地吃着。小雨爱吃肉，她觉得猪肉大葱的更好吃；阿彪就把全部猪肉大葱陷的都给了她，还深情地对小雨说："宝贝，多吃点。"

"嗯。"看得出：小雨的表情很幸福。

刚吃了两个，小雨就觉得食物难以下咽了，她磨磨蹭蹭的行为立刻就引起了阿彪的注意，阿彪把盘子往她的面前推了推，口中喃喃细语道："乖，多吃点。"看见小雨往嘴里送了个饺子，就放心的开始讲述他异国行中遇到的事情。

在 A 国入住宾馆后，A 国一个同行就邀请他和另一个要好的朋友去家中做客，也正好一起共进晚餐。当阿彪他们走出宾馆的时候已近黄昏，再回头看看下榻的宾馆时就都傻了眼，他们谁都不认识那外文，不知道这宾馆叫什么。同伴着急地问："晚上回来要找不着了，可怎么办？"

阿彪东张西望，想起了身上挂着的宾馆牌，急中升智："我有办法了，咱们回来时按宾馆牌找！"

同伴不信任地看着他，担心地说："不管了，我就把自己交给你了。"

可当他们到了同行的家，却更让人傻眼，因为是私人行为，他们双方都没有翻译，谁也听不懂谁说的话，大家都像哑巴似的比画着说不了话，同时也都觉得像是在时光中煎熬，很无趣；一段时间后，阿彪就和同伴一起跟主人告别了，他们是用枕着脸双手的睡觉姿势才让主人放行的，因为路途远天也黑，他们就真的找不到回去的路了，正好迎面走来了路人，阿彪一声英语"哈喽"问好后，就指着自己身上挂着的宾馆证，连比带画问回去的路，外国朋友明白他的意思后，赞许地笑了，也指给了他们回去的路；就这样不知问了多少人，等阿彪他们回宾馆的时候，已经是深夜十二点了。

"亲爱的，你真聪明！"小雨由衷地赞美道。

"确实聪明！"

不知是谁接过了小雨的话，她抬头望去，乖乖，邻桌的朋友在津津有味地听着并在叫好，就连穿制服的服务生也都停下了脚步。阿彪的声音止住了，餐厅里静悄悄地，小雨又环视了一周，发现所有的人把注意力都集中在了他们的身上，原来是整个餐厅的人都在听阿彪讲故事呢！

为了缓解自己被注意的尴尬，小雨便拿筷子把饺子在盘子里分成了两组，自己一样吃两个，别的都推给了阿彪，阿彪又给小雨多加了一个，还有些严肃地说："必须吃！"接着就开始了他继续地演讲，小雨趁阿彪得意又大意之时，又把饺子都放进他的饺子组里。可这个细微的动作却被阿彪发现了，他温柔地说："宝贝听话，多吃点！"

接受着爱人的关切，小雨感到无比的幸福，他很快就把两个饺子吃下去了。阿彪的故事还在继续，小雨和餐厅里陌生的人们都在聚精会神的倾听着，这就好比是一场精彩故事会；时间的秒针都像是停留了似的。

小雨偷偷地看看所有的人们，再想想晚餐前的缠绵，心中是一阵颤栗和切切的温暖；不由得在心中感慨道：这真是一顿在精神和生活上都很愉快的晚餐！

◀ 等你，周庄

在节目组细心布置的浓郁氛围中，我愉快地登上了《非诚勿扰》的舞台。

"哦、哦……"

亮相，走出电梯，整个大厅都沸腾了。

"别样的小伙子，好帅！"李梦非用干练的话语肯定，与我握手，"我们的节目就需要你这样的优秀男人参与。"

"谢谢！"鞠躬，礼貌感谢，偷眼看女嘉宾席，心仪的女孩就在那边！咦，小蝶怎么不在？我愣住了，明明刚才就在呀？疑惑中，主持人李梦非用胳膊碰我："哥们傻看什么呢？按选择键！"

心情不在状态，我顺手按下了熟悉的小蝶的代码：21。

"我是一个精明的男人，毕业于英国牛津大学，可我的爱情智商却为零，虽然我对生活中的每个女孩子也都温温柔柔，呵护有加，但我觉得这只是一个男人该有的礼貌……"

"碰！碰！"

大屏幕的 AV 还没结束，5 号、12 号、21 号三位女嘉宾，已直接爆灯。全场哗然，我大脑也在如雷的掌声中开始发蒙，爆灯满三位，节目无法再继续，欢喜地呐喊声却还在继续，远远望去，台下的他们居然是我的老爸老妈："小蝶！小蝶！"

爸妈怎么还追来了？小蝶又不在，我心里不悦，毅然拒绝了几位佳人后，跑出电视台，就迅速挤上了一辆大巴车。

"各位游客朋友，周庄马上就到了！可以说，周庄的夜景是最迷人的……"晕晕沉沉中，一个娇柔的声音在解说。周庄？说我？怎么感觉好像是去周庄旅游呢？！

"现在，我们开始清点人数，1、2、3……"女导游在细心地点数："啊？怎么多了一个人？"

人们都惊了，在互相观望，猜疑，恍惚一车的人都是恐怖分子！

"是我！"我赶紧站起来说，"我上错车了！"

"你？"导游恼怒地看，渐渐地，她的脸上出现了宽慰的笑容，"既来之则安之！一起去周庄玩吧！"

我尴尬赔笑，同车的游客们也都舒了一口气！

傍晚，在船夫的歌声中，夕阳下两岸的阁楼，温馨中透着古韵沧桑，小桥流水，暮色天穹下是水上人家，时空恍惚停止，处处安详宁静，这让我的思绪也穿越了时空：夜色降临了，一艘小船出现，漂亮"西施"拽着长纱，似蜻蜓点水，缤纱点点，微风撩起了她的纱裙，也飘出了她动人、伤感的歌："等你我等了那么久，花开花落不见你回头，多少个日夜想你泪儿流……"

"好！"游客在惊呼。

喊声惊吓了仙子，她左右回顾时没稳定住，摇摆中，"西施"跌进了水中，只见她脑袋上下起伏并惊叫着，之后，"西施"的头不再出现了，一群人匆匆赶来，都齐齐扑入了水中，岸上有人指挥说："那边、那边！"

"没有了，不见了！"

恍惚从梦中惊醒，我也随游客们们一起跳进水里，直接游到水底，我在水中摸索。

"找到了！"

可出现在人们眼前的，已不是纱衣飘飘的"西施"，只见此时的她，长发已挽成髻，身上是粉红色的泳装……

"哎，原来是安排的节目呀！"人们这才恍然大悟。

人们向她游去，她也像美人鱼般迎向救助她的人们，近了，可我却眼花了，感觉她居然像小蝶，心里又别扭上来，我干脆转身向船边游去，却听有人在喊："小蝶，过来！"

啊！难道真的是小蝶？回望，她确实就是小蝶，一个帅气的中年男人正在拥抱她："宝贝，吓坏我了！"

"我可是游泳冠军！忘了？"小蝶不满的摇晃着老男人。

一丝疼痛划过心脏，是啊！当我在非诚勿扰侯台的时候，她明明就在 21 号的位置上！怎么我一眨眼就没了她？原来，是和别的男人游览来了！

"周庄！等等。"

我吃惊地回头，是小蝶在叫，疑惑地看她："你是在叫我？"

"当然！《非诚勿扰》开播以来，唯一一位迎来三位女嘉宾同时爆灯的男人！"

"你怎么知道？"

"因为当时我正好有事把她叫下去，要不然，你要的 21 号就是她哟！"老男人说。

"谢谢！"小蝶又抱住老男人亲吻。

"你们！"我强压住心痛，失望地转身离去。

远处，周庄四季的《雨巷》、《采莲》、《丰收》、《过年》，仿佛一张张精美绝伦的画卷，正在一幅幅缓缓展开……

"等你，周庄。我将用我的热情，抚摸你坚实的胸膛，爱你在时时刻刻，走进你，我为什么还带着忧伤……"

男声深情的话语后，女声出现："周庄，我是小蝶，现在继续我刚才没唱完的歌，期待你的拥抱：等你我等了那么久……日日夜夜守着你那份温柔……"

"在魅力周庄，现在，老爸邀请女儿的男朋友：周庄先生上场……"画卷中，老男人用手在指我。

……

◀ 难懂的婚姻
....

　　尽管小枫现在又结婚了，可其实她的婚姻却很失败，没有太多的原因，只因为她太矫情。

　　小枫和我是很要好的朋友，我几乎看见她走过了少年和青年时期，乃至现在人已到中年。少年时候的小枫很逗人爱，人也很清爽，漂亮的脸蛋背后是干脆利落的性格，说一就一绝无二话。恋爱时的小枫，眼光很独特，她总是喜欢外地人，有种"外来和尚会念经"的感觉；她的父母是老来得女，对她很溺爱，可对于她选对象的事情却是有明确规定的，必须在我们周围十里八村找，因为这样离娘家近，也省得年老的父母将来惦念他们的老来女。

　　可小枫的初恋是湖南人，他有手艺，能维修一些家电什么的。小伙子名叫小辉，人长得也很精神，深得小枫的青睐，开始的时候，他们恋爱的行为是偷偷摸摸的，虽然，我却是他们中间"法定"的电灯泡；慢慢地，时间长了后她的家人也发现了这其中的秘密，老头托老太太找我，希望我能帮助他们劝说小枫，要求她不要再和外地人往来。

这不是瞎掰，来来回回地阻止后，最终的结果是小枫和小辉偷跑了。

小枫失踪了，她的家人都伤心不已，尤其是她的父亲，事情虽然都已经过去一年多了，可他总是哭哭啼啼的，哪怕就是抬眼看见家里没人动的电视，他也要哭泣一番，人们都明白：那是因为小枫在家时总是喜欢看电视。他的哥哥姐姐们多次想去湖南寻找，可都苦于没有具体的地方而不了了之了。

一年半后，小枫的母亲突然告诉我说：小枫要回来了。果然，小枫是在两天后到家的，她还抱着一个一岁多的女儿，还有点衣锦还乡的感觉，让以前总笑话她的人们都羡慕不已；小辉也来了，他是来这里建摊，准备和小枫在这儿长久安家的，他们的家电维修店，同时还捎带卖一些生活日常用品；据说知情人透露：小枫在湖南生活的时候，一点都不吃亏，还和公公婆婆矛盾重重，现在是呆不下了，才被迫回来的。

我却不在意人们对小枫有这样的传言，因为我们毕竟是好朋友，并且现在又可以在一起玩耍了。

然而，小辉的摊子却很不如人意，经济收入总是不太好，日复一日的生活矛盾后，小枫就开始跟小辉吵架了；为了能给家里增加一些经济来源，小枫去到了一个餐馆打工，饭馆里本来就是人多事杂，小枫在这人堆里可是大美人一个，那些轻浮的小后生们就对她倾慕不已，据小枫的本家妹妹说，她早就跟他们上床了。这样的结果是她和小辉矛盾更深更多了，本来小枫的哥哥们就反对她跟一个外地人结婚，现在有了这样的好事在眼前，他们就动不动地找事揍小辉一顿；小辉是忍了又忍，最终还是被大舅哥们打跑了。把事情弄成了这样，那都得怨小枫，就算是她对小辉那样的不忠，人家也没有放弃过她，并且小辉都亲自撞见过她和别人精光的在床上，一场爱情的保卫战后，小辉依然是把她当宝贝似的爱护着，小枫不但不领情，还纵认她的家人去侮辱小辉，人家不跑才怪呢！

我真的不能理解小枫，生活不顺是人人都有的事，小枫做事何必要那么极端呢！记得她当初为了爱小辉，却在遭家人的反对时，是寻死觅活的要跳悬崖，那时的壮举都哪儿去了？可她就是铁了心似的要搞外遇。

小辉走了后，小枫的生活也算过得不错，小辉是偷跑的，把所有的东西都留给她了。可两年过去后，小辉给她留下的钱和东西都所剩无几了，日子过得很不顺，我建议她去找小辉，但她是说什么也不敢再去小辉的家，因为她怕小辉报复她，不管小辉在电话线那边是怎样保证也无济于事，可小辉也称：他是不会再上她这边来的。事情就这样一拖再拖没有结局，小辉那边也再婚了。

事情变成这样是小枫作梦都没有想到的，但这样的结果也有一个好处：小枫可以随意跟人暧昧了。可鲜明的个性却让她没有得到想象的实惠，生活没了固定的来源，她还有女儿要养，没办法，破罐子破摔，她就和更多的人暧昧起来，成了附近名副其实的坏女人，灯红酒绿的。可这都是过眼云烟，她说她的生活其实很孤独，每当一个人躺在床上的时候，生命就像要窒息似的，时光漫长得像煎熬。后来她又正经八百地交往了几人男人，像是想结婚的那种，可最终却都没有结局，仍然是一直单着。

小枫的父母也年迈了，八十多岁的人了，他们已不能养活自己，靠小枫的哥哥们供养，也无法接济小枫了，并且还在时时担心她。小枫的哥哥们也讨厌她，生怕给老人的赡养费被她沾了去，她只得一个人找房出去住，孤苦伶仃的。

"高不成低不就"是小枫婚姻的真实写照，虽然也有人为她"扑汤蹈火"的，可她就是不稀罕，再说还要做好人不想拆散别人的家，就这样，小枫一直坚持了好多年，现在都快四十岁的她，说是又要结婚了。

难以理解的是：这么多年的挑来挑去，她现在结婚的对象依然还是一个外地人。

◀ 错位人生

　　李强其实是一个很要面子的人，可现实却让他的人生难以理喻！

　　李强兄弟姊妹十个，日子过得非常辛苦；贫穷是动力，他们家的人个个勤劳，都像是从牢房里放出来似的，见什么东西都往家里搬。土地下户前，因为吃不饱，山上的野菜没有少挖，就连树叶、树根也没有少吃，可就这样忙碌一年，到了春节的时候，全家人最多只能买上　斤猪肉而已。十多口人呢！人们哪能吃得上几块肉？何况还要留着正月里待客人呢！李强的大爷家人少，光景不错；他们是年年都要杀猪的，有时也请上一两个侄儿侄女的，因为李强排第四，他被请到的时候很少；但因都还年纪小，也兄弟情深，被请到的都会在吃完饭的时候，大大夹一块肉含在嘴里，出来后给最要好的兄弟吃。

　　一年又一年，李强兄弟们个个都长大了，可因为家里贫穷，李强的母亲办事也很过分，哥儿几个都找不到老婆，他妈这个急啊！见谁家娶媳妇就跑去出坏，可也仍然没有给自家拉来一个媳妇；还好，李强是在三十岁的时候，才自己在百里外的地方认识张英的，张英的娘家是说什么也不愿意认这个新姑爷，可她家姑娘就是铁了心，说"生是他家的人，死是他家的鬼"！无奈，张英娘怕鸡飞蛋打，就狠很地宰了李强一把，要求拿钱娶人。此时的李强倒真汉子，他托三托四的找人从银行贷了一笔款，就悄悄地把张英带回家了。

李强成家了，全家人看着这么一个儿媳自是宝贵，日子也小心翼翼地过着，一年后，张英就生下了他们的大女儿莲。可让人意想不到是：李强在银行的贷款却总也还不上！连本带利钱是越滚越多。利息是年年要还的，没有任何收入的李强只有借钱还利息，人们都缺钱，他是拆了东墙补西墙，总还要从中挪用一些，他欠的债务就这样越来越多了。

突然有一天，人们发现李强的日子被改变了，他们总是餐餐好酒好肉的吃着，还从来不吃剩菜剩饭，不管是什么东西，一顿吃不了后就全部倒掉，可上他家来的人也越来越多了，更奇怪的是：不知从什么时候起，李强和他舅舅也开始在大街上合伙做起了生意，可不久后他们就关门大吉了。原来是李强骗了舅舅一把，他们合伙做生意的钱全是由他舅舅出的，等李强把货物全部卖出后，他就把钱拢进了自己的手里，任舅舅怎样也要不回自己的钱了，舅舅生气地说："李强，你骗谁还骗我呀？"

可令人没有想到的是，李强却理直气壮地说："我不骗你，你会借给我吗？"

李强似乎是理解了人生，他也要开始享受了；于是他就以借的名义骗了很多的人，不管是谁他都骗；他自己的兄弟姐妹，分家单过的、出嫁的，他也没有一个不欠他们的；张英的妹妹远嫁他乡，生活过得还不错，李强就把他们骗了来，说是在一起做买卖，结果他们投资来的钱，也是肉包子打狗 --- 有去无回了。

　　可李强还是缺钱，他还在继续借钱，整天不学无术的吃喝抽，成了一个名副其实以借钱为生的专业户，并且他还是借了就不还；三邻五村,甚至三邻五乡都被他借遍了,没有一家他不欠的。要说，人们真还佩服他借钱的毅力，因为人们都知道他的德行，谁都不愿意借钱给他，可他就是整天地陪着笑脸，三趟五趟地跑，把人们都跑得不好意思了，就不得不的借点给他了，有时，他还会跪在别人面前磕头呢！当然也就有那磕头也不借的人，李强就会到处宣扬他的不人道主义了。

　　这真是一种错位的人生！就李强小时候的经历，他应该是一个勤劳、善良、节俭的人。当然，生活中的李强是一个热情好客的人，他除了借钱外别的方面，说话办事从不走样，讲起大道理来头头是道。就这样他家的两个女儿也渐渐长大了；可他家的欠帐也越来越多。

　　都是老百姓，谁家不缺钱呢！借他少的也就自认倒霉了，可那些欠万八千的人，是谁都不甘心的，他们整天地追李强要帐，尤其是在春节期间，李强家要帐的人是一拨又一拨，开始他还跟人家解释、保证，后来就干脆藏起来不见人了，人们一次找不着，就两次三次，白天找不着就晚上，还有些路程远的人就干脆住他家了，可春节总还是要回家的，等到大年三十的时候，李强就会出现在大街上，大声地跟人们回报他家这些要钱人的故事；一点也找不到他的羞耻感。

几年这样被人们骚扰的生活后，李强也厌倦了；于是他就悄悄带领全家就离开了家乡。被欠的人们都无可奈何，可也苦于找不到他。

就在人们都渐渐地淡忘的时候，李强却风风光光地回来了，并且还开着名牌轿车呢！李强也开始挨家挨户地还钱了，其中一天就还出去了二十万的记录，那天的总欠人数达一百二十多家，之后他们还到附近的城市里去买房去了，人们都惊奇不已，都猜测他发达的原因。

原来，李强并没有真正发达，他之所有现在有钱了，是因为他的大女儿莲傍上了一个有钱人，有钱人比李强还大好几岁呢！这件事情出现以后，李强没有反对女儿；说，只要她愿意就好！其实是相中人家有钱了，还说自己有欠款要求对方帮他一把，所以他们就那样衣锦还乡了。

感觉莲也和她爸爸一样，也将是一个错位的人生。

◀ "执着"

    "绢子，你知道吗？我们这儿有个人特狂！"人称"野玫瑰"的女人对我说。

    "谁？怎么狂？为什么狂？"

    "咱们镇农村信用社的，他仗着自己长得帅，说已经把这附近的很多的漂亮女人都'拿下'了；还扬言'要把这个小镇的女人玩个遍！'而且还真的实施了！"见我一副疑惑的样子，野玫瑰把"信用社"怎样对她的行为，全部重复了一次，我觉得这个男人真卑鄙，真想看看他的真实容颜。

    "有人吗？"门外突然转来了敲门的声音，我从容地打开了房门，是传说中的"信用社"，心中一阵窃喜。还真来了，看来是在实施完成他自己的"计划"。

    "请进。"因为心中有数，我礼貌的让他进门。

    "你自己了？"他倒不见外，很大方地进了家。

    "你很新鲜！头一次上我家来啊！有事吗？"

"没事啊！就是来看看你嘛。"

"看看我？"

"今天很无聊，没人玩牌吗？咱们找人玩吧！"于是，在我还没有回答的时候，就拿起了他时尚的手机，开始联络他的那些喜欢打麻将的所谓的朋友，同时也走到了我的身边，先是讪讪地笑笑，随手轻轻的想搂我，我本想躲开，可又一想：如果躲开的话，一定会把他吓跑，真的想看看他的真面目，是人还是鬼！虽然这样想着，却还本能地闪开了，他的牌友有的已经到了。

看上去，"信用社"真的很男人，帅气而自信，英俊的脸还真让人留恋。我也刹那间便从心底里升起了浓浓的眷恋，眼睛里透满了温情，我感觉似乎不能自已。他笑了，笑得很自信，还有些得意。接连几天，他天天都来找我玩麻将，好像从来就不用上班似的。我这儿就像是他的家那么随意。有天中午他到来的时候，家里又只有我一个人了，他就大方地抱住了我，夸我好漂亮！还说："都说绢子你是没人敢采摘到的花，我能采到吗？"我看了看他，挣脱了他的怀抱，他追逐着又一次抱紧了我，开始深深的吻我。我没有料到他这么快就来真格的，慌忙地逃跑，顺手给了他一记响亮的耳光，我猜想着这一巴掌的后果：他会尴尬的陪礼道歉？还是生气的离去？或者……

我抬头望去，他却什么事也没有似的甜甜地笑了。从此以后，我便不愿再见他。尽管他总是徘徊在我家门外，却再也没有机会能走近我！

张家离信用社很近，由于是在小镇上，他们的祖屋给他们带来了不错的商机，他们可以什么都不做，只要把自家的房屋租赁出去，就可以在家里自由自在的等吃等喝了，因此，游手好闲的张家五个儿子无恶不做，更是臭名远扬，尤其是老二，更是突出！但却因拐卖妇女被判有期徒刑十年，因为他不是主犯，还算保住了小命。可是老婆却在家里守寡了，据野玫瑰说，她有很多的"情人"，不知道"信用社"看中了她什么！其实她是一个很平常的女人，"信用社"却也和她明铺夜盖起来，可她夫家的嫂子也看着眼红，就明争暗斗的和她抢，终于也把那个帅气的"信用社"也抢到了手，据说：他们三人还一起住呢！绢子很奇怪："信用社"那是怎么啦？有点乱伦的感觉！怎么一点廉耻都没有吗？难道他的家人也不管！是没有家吗？可都说是有的！

关于他的传闻有很多很多，绢子就是不明白：看起来"信用社"一副文字彬彬的样子，他怎么就那么恶心人呢？据说他拿下了很多的女人，并且她们都为他争风吃醋呢。野玫瑰说：她后来也给了他一记耳光！我常常在想：他到底挨了多少这样的耳光？图的什么呢？

中午的阳光强烈而狠毒，我匆匆地行走在公路上，烫烫的热浪向我扑来，我在心中恶毒的诅咒着那个可恶的季节。

"绢子……"听见有人在远处叫我。

"哎！"我抬头望去，是老公的同学，他正站在一个理发店的门口，脖子上挎着的右手用白纱布包着，我不知道这到底是发生了什么事，便急忙向他跟前跑去，也正好躲躲这毒辣的太阳，站稳后急急地问道："你怎么不上班啊？手怎么了？"

"开车撞的……"他轻描淡写地轻轻带过了。

"那你在这里做什么啊？是要理发吗？"

"玩牌呀！你玩吗？"

"绢子，进来啊！"理发店里传出了一个男人的声音。

"谁呀？"我跟着"老同学"进去了。

原来又是"信用社"，看见他西装革履的派头，似乎已改过去的荒唐，于是乎我就坐下来和他们开始玩麻将了。

"绢子，你真的很漂亮！"

"谢谢！"我有些礼貌的成分，真诚地说。

"可是，你怎么总是躲着我呀？"他口气一转改变了话题。

"说什么呢？"我觉得这人真是病得不轻，尤其是还当老公同学的面前。我语气带着愤怒。

"真的嘛！我就是喜欢你！"

"你……"我气得说不出话来。

"怎么？你不喜欢我吗？难道我配不上你吗？"

"哎，我说你要脸不要脸啊？"理发店的老板娘发话了，他们很熟，一副打情骂俏的样子。

"你知道什么啊？这叫执着！就像追你一样的执着！"

他还在继续高声的演说着，真的不知道世间有羞耻二字，我逃出了理发店，也顾不得老同学地喊叫。不明白他为什么也和这些人在一起。

"绢子，我还会去找你的……"身后传来了帅气男人"信用社"同样执着的声音。

◀ 祸福相依

我国的大学是"严进宽出",而高中就是平民能进大学唯一的敲门砖,人们是削尖了脑袋往重点中学里钻。这不,王闪就是其中之一。

总是听说王闪平时的学习成绩很优异,可不知为什么,眼下的中考她却名落孙山。孩子都是父母的心头肉,她的爸爸王兵就开始找人托人了。王兵家是地道的农民,还好,本村的王刚就是本县重点中学的老师,他们也是本家兄弟,没的说,工兵就从打工的地方直奔王刚而来了。

王刚是重点中学的老师不假,并且他还是从名牌大学出来的,可他却是茶壶里放汤圆——有货倒不出来,这都二十多年了,远没有他高学历的人都是校长、副校长级了,可他却还是最近才从实验室里调到后勤管理现金、采购,所以他的人生极其暗淡,在这个人际网暗连的社会,是没有多少人关注和买他帐的,哪怕就是请饭这样的事情也是极其少见,因此,一旦有这样的机会,王刚以及家人兴奋开心了好一阵子！王刚，之所有一直都不被重用，是因为他老实厚道，不会贿赂也不会受贿，他本就没有什么可利用之处，一般的人对他就都是敬而远之。

王兵因为王闪的事情来了，但他却没有提前给王刚打招呼，当王刚得知他到来的消息后，对老婆李敏说："王兵来了，在他妹妹哪儿呢！他来可能是和王闪的升学问题有关。"

李敏是一个风风火火的人，性格直来直去，说话不会拐弯磨道，她下岗后，家里所有的开支只能靠王刚的工资来维持，没有任何别的收入，她也只得被迫出去打工，没有固定的去处，这儿几个月哪儿半年的，生活也还勉勉强强的过得去。李敏听见王兵到来的消息后，警告王刚说："他应该是在找你办事的，你可别请他吃饭啊！"那言下之意就是说：他请你是应该的。

王闪才考了四百来分，离上重点中学的分数线还差得很远，王兵很快便和妹妹一起找到了王刚，要求利用他的关系进入这县里的重点中学。王刚是婉言拒绝，因为他也确实没有这样的权利和能力；王兵急了，他说可以掏钱进去。其实王兵并没有钱，他还有几十万的外债呢！现在说话之所有这么大气，是因为他的大女儿王月傍了个老男人，小女孩才十八岁就跟这个男人来来往往了，这让人们都耻笑不已，而王月的叔叔却恬不知耻地说："我哥现在好了，他也该翻身了！"老男人也不算什么大款，可一二百万他还是有的，还帮王兵在慢慢的还外债呢！

一番僵持后，已是中午饭的时间，都是自家兄弟，也没有什么可在意的，王兵和妹妹全家就请王刚到饭店吃饭去了。

因为是帮私人看店，李敏这边要十二点才能下班，一般中午都是回家吃点就跑；李敏今天还是特别忙，匆匆忙忙地回家后却不见王刚的身影，更没有她要着急吃的饭，她也顾不得找他了，又在返回店的时候随便在大街上买了点吃的，刚刚进店却来了王刚的电话，说是在饭店吃饭呢！没有理他，李敏继续忙碌着，不知不觉中，时间就到了黄昏，李敏觉得身体很难受，她虽然是回家了却是什么都不想做，就窝在沙发上连灯也没开；等到王刚回来的时候，已经是晚上八点多了，说是他请王兵以及他妹妹全家吃饭了。李敏心里像打翻了五味瓶：不用说他是会请他们的，却连一个电话也没给她打，不带上自己也罢！吃完了给她带回点也好啊！可到此时此刻，不仅自己身体你舒服，就连肚子都还还饿着呢！其实更让她生气是：请一个王刚还不够吗？还把他的妹妹全家也请上，人家请他是一个人，他请人家却是一大家子。想着想捉，李敏瞬间怒气爆发，她生气王刚太不听话，她生气他们的生活很容易；要知道，他这一顿饭就要吃出她半月的工资啊！她决定跟他没完没了，既然他什么都不在乎，我又在乎什么呢！大不了就离婚。于是她利用第二天上班的时间，请假跑到银行取了些现款，准备随心所欲的享受一番！

这是王刚在享受那种被重视的幸福感时，所没有想到的；是福也是祸，帮人，这不，让老婆这顿气生得，不依不饶。

祸福相依是永远不变的真理！

李敏跟他一闹就是好几天，日子就这样陷入了僵局，他们也不说话，可王兵这边还不知道啊！继续要求跟他们在一起吃吃喝喝。

◀ 爱的煎熬

小文在生恋人小刚的气，她自己在那开关手机的矛盾中。已重复了好几天；可她现在实在是太想念小刚了。顾不得自己的尊严了，小文在十一点二十八分时，给小刚发了条短信："干嘛呢？"时间在一秒一秒地数着，看看墙上漂亮的万年历挂钟，十一点三十二分，已经过去了四分钟，小刚还没有回应，小文觉得似乎是过了四个世纪。

十一点三十八分，小文拿起了床头上的手机时，它已经变换成保护屏，小文有些失望，她无可奈何地放下了手机。

十一点四十分，小文再一次拿起手机，因为她怀疑自己是不是设置了静音，细细地翻阅一番后，发现是自己的心思多余了，不得不又放下手机等待。

时间仍在分分秒秒地走过不停，十一点四十四分，时间离十一点二十八分已经过去了十六分钟，小文想：就算是打字速度再慢，现在也应该是时候了，可是，那熟悉的音乐铃声依然毫无声息，屋里静得有些可怕。

等等，再等等，一定是小刚正在发送。小文这样想着，在心中安慰着自己。卧室里的小电视机上，正在播放电视连续剧《王贵与安娜》，剧里的安娜与王贵的女儿安安，她正和结婚七年的老公分分合合地闹着离婚，她怀疑他外面有人；他也怀疑她外面有人，心中都非常的痛苦，都想成全对方吧！却谁也不想离婚。

不知不觉，时间已到十二点二分，小文再次看看挂钟，又看手机，它还在保护状态，心里好失望啊！此时，安娜的儿子二多子正带回了一个"美国小火鸡"，安娜气急败坏地说：都快三十岁的人了，你都在忙什么呢？

十二点二十八分，时间已过去了一小时，小文彻底地失望了，她知道，今天也和前几天一样，小刚是不会理她的了。小文突然觉得好心慌，她想起了自己的刺绣，都说精细的刺绣能陶冶人的情操，她想稳定自己的情绪，于是，她搬来了自己的绣花架子，拿出针线和图纸，左手下右手上，上一针下一针，姿势优雅而熟练；可，十多针后小文的心更烦躁了。她无奈放下了针线，还是看看电视吧！心，却越来越慌了！她怀疑自己曾经是不是有心脏病？

他们恋人之间的这场不愉快，要返回到三天前的下午，小文无事可做的时候，她在博客里东游西逛地窜，她发现有那么多的网友都更新了的文章，小文高兴不已，她看完后并一个个的都留了言，就在她正得意忘形的时候；手机却突然响了，是短信铃声，她还以为又是什么垃圾信息，拿起一看却是小刚的："你太忙了，到处坐沙发，你忙吧！我以后不再打扰你！"

小文便很快回复说："本想在你的沙发上也躺一会儿的，可它已经被人占了！"

又一想，不对啊！什么叫"不再打扰你"？小文又把信息仔仔细细地看了一次，感觉很不妙，于是又回复一次说："你生我的气了？不会吧！那么小气啊！"说完了又不忘开玩笑地逗他说："你是谁啊？你是我的坏哥哥吗？怎么对自己那么没有信心？我永远都是你的小乖乖。"

没有回答，这个时候，是千万千万不能给他打电话的，因为他有多的工作要做；于是，小文又回复一次说："不理我？气死我了！呜呜呜……"因为以往这样说，他都会很快就回答："宝贝不哭！"当然，说这样的话大多是在他休闲的时候。

可此时此刻，时间在一分一秒的过去，屋里还是静悄悄的，依然没有小刚任何的消息。一天的煎熬，夜晚总算是姗姗来临；看看时间，已是晚上八点二十二分，小刚此时正是锻炼时间，这也是他最忙的时辰，之后他还要继续他的工作，或许是要和某女士手机暧昧聊天吧！

"呸呸呸！"小文觉得自己的心灵怎么那样肮脏！他不会的，因为他说过：他只爱小文！可是，连续的三天了，他就像是失踪似的没音训，因此小文才在今天上午很想念他的时，着急发给他信息的，可现在都是下午一点二十八分，两个小时过去了，小文不得不再安慰自己说：他一定是太忙了！这样想过以后，小文焦急的情绪也稳定了许多，可转眼又一想：他是不是不要我了？瞬间，小文的心又慌张了起来，不能啊！小刚句句爱的誓言，此时都还在耳边回响！小文瞬间觉得自己很难受，因为这些天以来，她总是昏昏沉沉的，那天小刚在说话欺负她，她撒娇地说：你还气我？我都难受死了，要是真死了就是你气的。接着的好几天，小刚说话都温温柔柔的，并要她去医院看看，不要天天吓唬他。

到医院检查的结果是血压低，他在线的那边是好久地哄，说一定要好好保重，等相见时都必须是健健康康的。难道这么几天就变了吗？小文相信这决不可能。

时间已经过去三个小时。

电视里的《王贵与安娜》还在继续着，小文安慰自己的心情又平静了一些，她继续看电视，同时也还拿起绣花针来试了试，可心依然还烦躁的。

三点二十八分，四个小时过去了，小文的总算平静了，可她的心却还是在失落和沮丧中继续被爱煎熬着。

◀ 追求

　　林闻已经七十高龄，他是文学界著名的大家，还是评论家、外交家、实干家等。

　　别看林老年岁已高，可他的精力却是非常的充沛；就在前两年，他还曾几次带领中国的作家团去国外访问；可以说林闻外交的足迹早已踏遍了世界的每一个角落，传递了世界人民的友谊。现今，他不仅每天要坚持创作，并早已出版了大量优秀的作品，有很多文章还选入中小学教材，而且他还总是会帮助人们做一些力所能及的工作，为了工作方便，林闻退休以后，他便创建了自己的工作室。

　　工作室不大，算上林闻也仅只有三个人而已，洋洋是其中之一，她之所以被选来工作室做助手，是因为林闻发现她在文学方面很有潜力，他是想栽培她也成为文坛新人。洋洋感动不已，可她是自由惯了的人，不想被枯燥文字捆绑，总是婉言谢绝林闻对她在文学创作上的栽培。

可林闻的时间却总是不够用，他恨不得能把一天当成两天；这不，他组织一年一度的作文大赛，现已进入最后时段，成摞的作品来自全国，按规定，林闻他们必须赶在年底之前，编辑完所有的稿子，选出优胜的作品后并送交给出版社，必须赶在次年的四月之前全部正式出版，比赛才算正式结束。林闻是一个做事非常认真的人，哪怕就是这么多的稿子，他都做到了亲自一篇一篇地选读，并细心地加上他自己的点评；于是，林闻每天都工作到深夜。

洋洋很不解地问：林老为什么要这样辛苦呢？这些事情你不必样样都要亲自去做的。林闻耐心跟她地解释说：人的一生都要有自己的追求，事事都要做到"知彼知己"，最后的结果才能是"百战不殆"。

时间飞逝，当祖国的北疆都沉浸在皑皑白雪中时，冬季的江南却还是郁郁葱葱的，处处都还存在着生命的气息，虽然空气中也夹杂着寒冷的味道，可江南水乡的风韵，就像是一位丰满的少妇，处处是诱人的风姿。这天，当寒冷的西北风正飕飕地刮来时，殊不知它却刮来了一位尊贵的客人，林闻是受地方邀请来讲学的专家；同学们是掌声阵阵，可林老的脚步也是来去匆匆，他仅用了九天的时间，就结束了江南七座城市的精彩讲学；没有白天没有黑夜，林老一天只能休息三四个小时，时时摆在他面前的是各种交通工具，不管汽车、火车，还是轮渡、飞机，它们都带着林闻匆忙地穿行在江南的时空里，可以说林闻每到一处都是鲜花成堆，掌声如雷，可他没有时间去享受这些待遇，哪怕稍有一点闲余，人们就会看见他在公众场所签名售书的身影。尽管如此，好客的江南人，还是没留住林闻匆忙的脚步；林老辛苦了这么多天后，是在霓虹盛开时才赶回到家中的。

洋洋的周末过得很开心，礼拜一的时候，她早早就去了工作室，虽然她知道林老已结束了江南巡回讲学，可她还是希望林老能在家好好的休息休息，当她正在埋头收拾办公室的时候，后面却传来了林老亲切的问候声："洋洋早晨好！"

"林老，您是不是应该在家里休息一天啊！"

"休息什么呀！快，新的任务又来了。"可不，是一家著名的出版社，正准备出版一套大型的文学读物，今特邀林闻做主编工作，邀请函也正在他手中摇摆呢！

说干就干，他们开始向全国各地的作家发资质、发约稿信，一封封的授权书，一个又一个的电子邮件，手机和电脑齐用，林闻工作室就像一个没有硝烟的战场，静静的办公室内只有键盘"啪啪"地敲击声；选稿的事不是人们想象的那么简单，因为大型文学读物要求取材于古今中外，里面既要有老作家的心血，也要有新人的身姿；没得说，每一篇文章还都是要经过林闻的亲自筛选，几个月的忙碌，事情终算是有了一些眉目，林闻也明显的瘦了，可就在这不停歇的时段里，林闻还在百忙中抽时间在本市创建了几个讲习班，并且每个周末都要亲自去参与讲座，其目的就是要把他所拥有的知识能传授给祖国新的一代。

看见林老如此的忙碌，没有节假日更没有休闲，洋洋在心中很是郁闷，她是百思不得其解：现今的林老早已是儿孙满堂，不用说他是退休下来的高级官员，永远不会愁吃愁穿，就是他的孩子们，也都早已是功成名就了，有的还是大大的款爷，可他却是如此的勤劳，还在日复一日的追逐着他早已经实现了的理想，于是，她再次问起了曾多次问过林闻的话题："林老啊！您有必要再这么辛苦吗？这到底为什么呢？"

林闻看了看洋洋，语重心长地说："人嘛，就是要找点事做，活着才有意义，如果整天闲着，那又有什么意思？再说，这些事对我就跟玩一样。"

"可你何必要把自己搞得这么忙碌呢！"

"联合国秘书长不忙吗？"

林闻最后的这句话像是重重的一锤，它深深地砸在了洋洋的心里，如果说人生要有所追求的话，她是能够理解的，可林闻做的这平凡的小事，又怎能和联合国秘书长忙碌的世界大事相提并论呢？翻来覆去，洋洋终于在长时间的思索后，理解了林老的人生追求：他是在平凡的工作岗位上，以平凡的事情成就了他不平凡的人生。

受此影响，洋洋也开始了她艰辛的创作历程。

第二辑

人世篇

◀ 历史的印痕

　　阿华和青儿再见的时候，她们都在心中怀疑着对方的真实性！

　　早在三十年前，青儿是阿华的大嫂，那时青儿才二十岁，正是青春好年华，她人长得也很漂亮，可她家却很贫穷；因为她后面还有好几个弟弟妹妹要养活，十六岁时，父母就做主把她许配给了阿华的大哥阿伟。

　　之所以在众多的后生中，选中比青儿大五岁的阿伟，是因为阿伟的父亲有工作，比别的人家有钱，可阿伟的奶奶是地主，他们也理所当然的成了地主狗崽子。

　　阿伟他们是人人都不待见的人，青儿虽然也常常去阿伟家，可她却从不跟阿伟说话，但年幼的阿华还是很喜欢这个大嫂的，这不仅仅是因为她很漂亮，还因为她总是陪她玩！可青儿去她家的时候，总是要带上她的小弟弟，直到他们结婚到离婚都如此。

　　青儿的父亲很贪婪，因为有了婚约，他总是找各种理由去阿伟家借钱，借了就不还，没办法，父亲为了给儿子娶老婆，也只得忍着；定婚两年后，他们就要准备结婚了。

结婚的宴席办得很风光，阿华那时刚上小学，当她放学回家的时候，正赶上大嫂也刚被接进家门，大嫂往阿华的手里塞了点东西，就匆匆忙忙地进了她的新房；当阿华趁没人偷看自己的手心时瞬间目瞪口呆，因为大嫂给她的是三个硬币，它们分别是五分、二分和一分的，阿华这可是第一次得到钱啊！而且还是八分钱，她可以买六根铅笔和一把小刀了。阿华心想：大嫂对我可真好，这么快乐的日子，她最先给钱的人却是我，自豪地看看四周，瞬间觉得自己的形象高大了许多，此时屋里屋外的客人们都在欢欢喜喜地吃中饭，可大哥的新房里却传来了愉快的起哄声，她也急忙钻了进去，媒人大爷看见阿华后，急忙对她说："快叫大嫂。"

阿华只得顺从地叫了，没想到大嫂又给了她两个两分硬币，阿华这个美啊！一个人颠颠地跑了；那钱到底干了什么了，阿华已经记不得了，好像后来是交给大哥保管了。

青儿和阿伟的婚姻很失败，本来他们家就是为钱而联姻的，虽然也结婚了，青儿也不和阿伟说话，并且在晚上睡觉时还带着她的小弟弟；当然阿伟也扭着劲的不理她，就这样他们过了两年。可那时的老百姓生活都很艰苦，青儿和阿伟结婚后，家里突然就多了两个人，生活就越来越艰辛了，本来阿华他们就姊妹四个，还有年迈的奶奶，一般的生活都是以红薯为主，只有中午的时候才能见一些白米饭，还是以红薯为主的，仅有的一点米饭要先给奶奶盛一碗，此后是她的小弟弟、她以及阿华的小妹妹，等轮到阿华的时候，也差不多就是红薯块了；即使是那样，家人也像是宝贝似的待她，有时她还要去父亲的单位玩，一去就是好几个月，每每回家的时候都是那样的风光，这连阿华兄妹都是从来没有过的待遇，人们都羡慕不已。

斗地主的风气是越来越浓了。奶奶都已经是八十高龄了，她怎么能去现场！阿伟的母亲是一个很孝顺的儿媳，她总是替婆婆去批斗会现场，打倒地主的喊声是一浪高过一浪，不知道哪根筋搭错了，青儿的父亲也竟然去斗争阿伟的母亲了，而且是一次比一次狠毒，后来还动手打人了。这是后来阿华长大后才知道的事，她只记得有个傍晚，母亲去开会回家后连晚饭都没有吃就睡下了，室的煤油灯发着惨淡的光，阿华爬在母亲的床前，她发现母亲很疲惫的样子，脸上似乎还有泪痕，为大哥说媒的大爷也悄悄进来了，他安慰母亲说：别难过了，他打你还不是因为嫌给他们的钱少。阿华不明白他们这话的意思，可她知道母亲为奶奶挨打了，是谁打的她不知道，她也不想知道，本弱小的阿华只能靠在母亲的怀里，无助地唤"母亲"以示对她的安慰。后来，青儿也走了，她再也没有回阿伟的家。大队的工作组要她离开阿伟的理由，天天把她带去大队问话，问来问去也问不出个所以然，最后竟然扯到男女关系上去了，首当其冲成为青儿野男人的竟然是阿伟的父亲，因为是青儿这样交代的，后来就把整个阿伟姓氏的男人都交代了，人们耻笑不已，都说她怎么是这样的一个破鞋！

但更荒谬的事情不是这个。大队查来查去，她最后却和审问的人好上了，事实上她却还是个处女！为了让阿伟家心服口服，这伙人在给判离婚时，要求青儿家偿还一些他们平时借的钱财，但也偏向的仅仅只让说了两笔，随后大哥阿伟就弄个鸡飞蛋打了。

这段历史很快就在改革的步伐中被迈过去了，阿伟又重新结了婚，只是他和青儿就成了永远的陌路人，尽管他们还时时的碰面，但就像是仇人一样谁也不看谁！阿华之所以清楚这段历史，是因为在青儿离开她家后，她才离家出去闯世界去的，这一别就是三十年，如今再见到她，那段被人们都淡忘了的历史才出现在她的眼前，只是，眼前的她实在是变化太大了：走路虽然还是那么豪气，可她的个子却变得矮小了许多，肥面大腹的很俗气！

阿华就这样走在记忆的历史印痕中，脚步从容的和青儿一望而过。

◀ 浪子回头

....

　　欧阳然再见侄子耀祖时，他已经十八岁了。耀祖是个很聪明的孩子，他上小学时每篇课文都是背得滚瓜烂熟的，欧阳然是在他的朗朗读书声中离开家乡的。

　　如今的耀祖是个很叛逆的青少年。据说他以前为了逃学，常常是十天半月地躲在自家后面的大树上玩，尽管他就是这样混过了三年初中，可很让人意外的是：他却在竞争激烈的中考中获得了优异的成绩，成为为数不多的高中学生，可现在他也齐学回家了。

　　因为他出生时是家中唯一的男孙，父亲希望他能够光宗耀祖，所以就有了他的这个名；可他现在不仅没有耀祖，还把他的母亲也气死了。欧阳然是在他母亲去世两个月后回来的，家中的气氛很压抑，因为耀祖的奶奶也生命垂危了。耀祖没有想到，两个月后疼爱他的奶奶也去世了，他的行为瞬间收敛了许多。

　　耀祖的爷爷和父亲都悲痛欲绝，欧阳然决定带父亲离开家乡，去自己千里外的家散散心，同时想把耀祖也带回，好让他去自家的厂子里锻炼锻炼，因为他新添的弟弟才几岁，欧阳然担心大哥悲伤的心情是没法管他们的；耀祖倒是很愿意跟姑姑去过城市生活，他猴精猴精地跟姑姑跑前跑后，空气似乎也被清新了。

祖孙三代离家的情景是凄凉的；欧阳然决心还给大哥一个阳光正气的孩子；可当耀祖在她这儿新鲜劲过后，就恢复了他以前浪荡的行为，他整天不是睡懒觉就是偷跑出去打牌，或者整天整夜的上网，在厂子里给他安排的活，他也只是做做样子，从来都没有做好过一件事情，哪怕就是他的爷爷在原地看着他也都无济于事。不管欧阳然和先生是怎样的教导，耀祖就一个死皮赖脸，哪怕就是你说破大天，他就是我行我素的不做声，就这样过了两年，姑姑对他也死心了，耀祖的爷爷因不习惯气候也早回家了。

耀祖见姑姑整天是满脸的愁云，他就决心去小姑姑那里了，小姑姑怎能慢待他，可她也只是来广州的打工一族，就打算帮助耀祖去工厂找工做；于是，小姑姑帮他改头换装好一阵折腾就准备去应试了，可耀祖却推三阻四地选来选去，就是没有找到合适的去处，其实他压根就没想出去做事，只是在小姑姑这里好吃懒做，他甚至懒得连公厕都不愿意跑，趁小姑姑他们都上班的时候，他就偷着在出租屋里大小便，不管姑姑姑父是怎样的打骂都不管用；这样几个月后，他就花了小姑姑的几千元，小姑姑很气愤就再也不给他钱，耀祖觉得在这里呆着也没意思，就准备回家了。

耀祖已经在外生活了三年，回家后，他似乎也看清了生活的艰苦，决心去学烹调将来轻轻松松做个厨师，他的父亲只得拿出自己全部的积蓄送他去了厨师培训班，眼看就要结业了，可他却退学了，他说干这个也没意思要去学开车，他父亲这一次可是没有现成的钱给他了，只得贷款帮他交学费。

　　整天的忙忙碌碌，欧阳然已经五年没有回家了，她想回去看看父亲。欧阳然还在车上就看见了在远处张望准备接她的耀祖，他明显地被改变了许多，面孔也成熟了。欧阳然还是很喜欢耀祖的，毕竟他小时候跟她很亲密，比起别的侄儿侄女，感觉就是不一样；父亲明显的老了许多，就连大哥也老了，可他还必须得像老牛一样的操劳，因为耀祖都还没有成家呢！提及此事，耀祖感慨地对姑姑说：媳妇不好找哦！

　　欧阳然奇怪地看着耀祖，觉得他似乎是和以前不太一样了，大哥的小麦丰收了，每天都要搬来搬去的晾晒，耀祖成袋成袋地背进背出，欧阳看着他还稚嫩的身板，焦急地说："你能背得动这么多？还是我们抬吧！"

　　"不用，不用。"耀祖拒绝了。他说："钱也不好挣哦！"欧阳然不信任地看着耀祖，突然觉得他好像已经长大了，记得耀祖在两个姑姑那里混了三年就不得不回家了，在他把家里都刮扯地干干净净后，觉得实在是没办法可想时，就不得不自己出去打工挣钱了，做司机也只是二把刀，没人肯用他，他就随建筑队去做了个建筑工人，可耀祖聪明啊！选来选去，他在建筑队选了清闲而又价高的电工活，这样他只用了半年的时间就挣了普通人两年才能挣的钱，有了这比钱后，耀祖就又什么也不做了，他很快就回到了家里开始享受了：整天的上网游戏，整天搓麻。欧阳然和先生知道后，就教育他说："你的钱要省着点花，更要多存一些。"耀祖不屑地回敬道：钱，挣来就是花的，存着干什么？

欧阳然此时再听见耀祖的感慨，轻描淡写地说："怎么，现在缺钱了？你不是说存钱没有用吗？"

"早就知道有用了，可钱却很不好挣啊！"

"怎么就不好挣了？你挣钱不是很容易吗？"

"其实这么多年，我还就是那年挣了钱，其余的都是白白浪费时间，因为不是没活，就是工资低，而且还给不了钱。"

"看来，现在你确实懂得不少的事情了！"

"懂了，我现在不打算出去了，还是家里好啊！虽然没有外面的灯红酒绿，可感觉在家里很踏实、很温馨和放松。"

"那你准备做什么呢？"

"我已经贷款交押金，准备去汽车公司跑车了。"

……...

欧阳终于欣慰地笑了，浪子该回头了，一切就让他都从头开始吧！

◀ 风尘女
....

张樱是黎明时分才回家的，她这是打野食去了；寒冷的气流冲击着她疲惫的身躯，单薄的衣衫勾勒出她那迷人的身段，细细的高根鞋"哒哒"敲击路面的声音，在清晨清晰地震撼着邻居们敏感的耳膜，人们在讨厌的同时也已经习惯了。

张樱是一个小巧玲珑的女人，长得也很精致，都三十二三岁的人了，还整天打扮得跟小太妹似的，不爱说话是因为她不善于表达，人们都说她神经不太正常，其实她只是心不在焉罢了！细细观察，你会发现她就像一个"猎人"，整天都在用犀利的眼睛观察大街上的男人们，看看是谁最合适成为她的猎物；小冰就是这样跟她好上的，我第一次见小冰是在一个黄昏后，当暮色慢慢来临的时候，隔壁家传来了敲门的声音，我转身便发现是一个中等身材的青年，接着里面就出来了张樱的身影，她急急地扑进了他的怀里后，俩人便迫不及待地关门进去了，之后便是他们俩浪荡的作爱喊叫声。当时小冰才十八岁，还是一个无知的社会青年，七年过去了，不管父母是怎样的着急上火，他就是不找对象不结婚。

了解张樱的人都说，她从小就是个破烂货，成天只知道勾引男人，因此只上了几天学，所以她很不善言辞，现在还喜欢出去打野食，哪怕就是她的丈夫李天也在家，她照常出去不误。这不，瞧她回来冻得那样，李天赶紧就把火炉通旺了。可李天不在家的时候，张樱是不敢自己在家住的，因为夜晚总有被她甩的人来敲门。

李老爷子在我们这一带大有名气，是因为他祖传的医术；他已经七十多岁了，可他就是喜欢男女间的暧昧，就连他的孙子媳妇都经常追着张樱骂，不让她跟老爷子有往来，因为与张樱的性行为是要付钱的，可老爷子才不管呢！他们还是经常偷着幽会，只是时间大多在深夜或者凌晨，真是很佩服他们那种偷情的意志，哪怕就是数九寒天，他们也会准时准点的相约而去的。如果是在张樱的家里幽会，老爷子一般都是步行而来的。

一个深夜我起来上茅厕，见老爷子急匆匆而来，张樱的门早就打开了，只见他们相拥而入，我很好奇：难道老爷子这么大年纪了，真还是人们所说的那么有情趣，于是，我就挨到他们门边去偷听了，前前后后大约有十分钟，他们所有的工作就结束了，临了老爷子还给了张樱五十元钱。

因为是邻居，我常常听见张樱抱怨他的丈夫李天，她对他很不满意，说是别人给介绍的没有感情，所以她一直在寻觅，如果找到合适的人选了，她就会把他扫地出门。

别看李天的脚有点跛，一副拐拐拉拉的样子，其实他干活很有劲，并且高高大大的很英俊，平常总是一副很憨厚的样子进进出出，但一当有事的时候，只要他把头稍稍昂昂时，那副桀骜不驯的样子就令人不寒而栗；可张樱不怕他，他在张樱的面前就像是小绵羊一样的温顺；他本是县化肥厂的一名技术员，工种也很不错；可最近几年来化肥厂却变得很不景气了，以前人们都是削尖了脑袋的往里面钻，可由于质量总也上不去，被别的县化肥厂挤压，生意就越来越差了，有关系的人都出来另谋职业了；但李天不仅仅是外来的，而且更没有人际关系，所以他一直都还窝在这个厂子里，为了改善家里的生活，他还利用自己休息的时间，给家里建了一座蔬菜大棚，每天都起早贪黑的种菜卖菜。

那时张樱也会缝纫技术，她便在家里开了个裁缝铺，因为她的技术很不错，所以生意也很好，可长年累月的把自己一个人关在家中做事，张樱觉得很寂寞，慢慢地便和一些客人有染了，并且她也发现：这种方法挣钱远比她天天埋头做活挣钱要容易得多，于是，她就把自己花枝招展地打扮起来，开始了她的风尘生活，其实他们家的生活还是不错的，典型的三口之家，两个大人养一个孩子！可不知道为什么！张樱她就是喜欢这普通生活，愿意做一个人人咒骂的风尘女。

可最近，李天却作为技术员被单位派到北京去工作了，工资也高了许多，张樱完全可以不做任何的事情了；然而，尽管李天总是把自己所有钱，都分文不少的交给张樱，但那也改变不了她喜欢风尘生活的决心，可奇怪的是：丈夫以及客人们给的钱，她仍然是一分也存不下，还从来都不给李天一分零花钱！哪怕就是按她规定几个月才能回家一次时，去北京的路费，她都是不会多给李天一分的。李天也已经习惯她这样对他了。

张樱和李天的儿子非常的聪明，上学时在班上学习成绩总是数一数二，可有张樱这样的母亲，他注定是要成不了大气的，他们家来来往往的都是些不三不四的男人，开始孩子只是见啥要啥，后来他的胃口就大了，得不到满足的时候，他便开始小摸小拿了，哪怕就是吃的他都会偷的，记得有天他到我家来转了一圈，我刚买回的准备喝酒的松花蛋和花生米就不翼而飞了；张樱就知道成天的风流，也从来都不会管教他的，孩子在三年级时候，学习成绩就滑落到年级的最后一名了，最近还开始成天的泡网吧了。

张樱对她自己的行为，是这样向人们解释的：她一直向往一个有感情的丈夫！可人们都不明白：到底要什么样的人，在她心里才能算是有感情的丈夫？

◀ 千年恋人

迷迷糊糊中，我小心翼翼绕过桥中间婆婆已铺到桥头的银色长发，是想领悟彼岸花与叶生生世世不能相逢的绝望。可身后却传来了婆婆怜爱的声音："小姑娘，又任性了？"

婆婆的慈祥让我更伤心了："我的爱情，怎会如此忧伤？"

"孩子，你可千万要珍惜啊！因为你已爱他千年。"

"千年？"

"还记得吗？"婆婆轻轻拍着我说："那是忘川河。"

见我满脸茫然，老婆婆立即举起她那长长的衣袖，往河上轻轻一挥，河面渐渐清晰了。"啊！啊！"惊叫声瞬间飘来。河里，几个裸身的女子，正被冻得瑟瑟发抖。转眼，河水金光灿灿似熊熊燃烧的烈火，女子们也浑身通红了，凄厉地喊声久久回旋在远远的河谷里。

"当年你比她们勇敢多了。"阿婆拉住我颤抖的手安慰着。

"是吗？"

"你脸上那漂亮的酒窝就是他的最爱！对不对？"

"嗯。"我诚恳地点头。

"千年前，你为了来世能再见他，同意在脸上做酒窝的记号，再被放到这忘川河里去接受煎熬。"

可在老婆婆蠕动的嘴唇后，我看见的却是现实中，金钱与权势交往的一幕幕，正急速向我涌来……

挣开阿婆的手，我毅然向桥的那边跑去。

◀ 生日快乐

....

有人举报，说老贾贪污受贿！

被隔离，老贾憋屈，自己向来克己奉公，从不徇私舞弊！还因为廉洁曾多次受到嘉奖，可奇怪的是，他的职位却总不见升，几个贴心的朋友调侃他假正经，干脆放弃他的陈姓叫他老贾。

隔离好几天了，老贾写不出交代材料，他急；好几天回不了家他也急，母亲正犯冠心病，儿子备战高考，还有老婆的忌日，母亲七十岁大寿。

思绪中，老贾恍惚又回到了十年前：豪华的大酒店，正宾朋满座，老贾和弟弟搀扶着母亲，一步步走向中央。

"生日快乐！"人们大声高喊。

大蛋糕被缓缓推入，大厅里掌声如雷，母亲开心，她不住地向来宾点头致谢，老贾听见有人在小声说："陈总好孝敬啊！"

"老贾，赶紧写啊！"

老贾的回忆被打断了，他看着老张，脑子里却在想，我可再没钱给母亲准备那么豪华的生日宴！还有，该怎么安排小刘的老婆呢？

"啊！"小刘老婆？问题是不是就出现在这里？记得一月前的晚上，他正为母亲脊椎病按摩，有人敲门："老贾，出来吧！"

他没有理会，随后他刚躺在床上，门外又在叫，无奈开门，小刘站在门外，手里拿着的东西怎么似曾相似。可？老贾奇怪了：他给的那东西自己不是早就上交了吗？

正愣神，监禁室门外颤颤悠悠，正走进来老母亲，儿子拎着大蛋糕。小刘把手里的东西递给他说："老婆让我感谢你！"

颤抖着，老贾打开礼物，咦！怎么是自己的旧西装？没回过神，小刘和儿子却在齐声喊："生日快乐！"

"儿子，今天是你生日！""母亲边说边拉他，"走，回家！"

◀ 驾驭术
....

新来的王镇长，行为有点古怪。

去风景区旅游，人们挑了高雅也昂贵的娱乐，可他却要骑马，大家只得依他，上马后，不敢抢先也是对领导尊重，大家让他在前面，他死活不愿意，人们只得勉为其难走在他前面。

镇长的马术不错，瞬间就超越了前面的人群。

"哦！"有人意味深长地点头，似乎明白了镇长的心思，于是，都大胆扬鞭催马。草原上，好一幅赛马图。

看着王镇长只恨马儿跑得慢，有人上去打马屁股，可王镇长却风趣地说："这就叫拍马屁！"

人们都开怀大笑！

可刚建立的默契，第二天就被王镇长抹杀了。

下乡去农村，王镇长非要骑老百姓的毛驴，可他居然从驴身上掉下来了，人们都在替他担心，可他却不顾擦伤，磨磨唧唧地说："难道这驾驭术不一样？"

回单位后，有人发现王镇长在看《驾驭术》，各自都猜测，结合两次的言行举止，有人总结说，王镇长是借此警告大家不要溜须拍马，可也有人觉得，镇长是想通过骑马的驾驭术，来研究做官的驾驭术。

不管人们怎么想，王镇长像是着了魔，专心看书，有时还站起来比比划划，偶然抬头，他发现门外的他们，都被叫进去，可他的思绪还在研究中，喃喃自语说："我怎么会从驴身上掉下来呢？"

人们更茫然了，有眼尖的看见，镇长的书页中有毛驴，便小心翼翼地问："镇长，你那是什么书？"

"毛驴驾驭术啊！"

◀ 新年快乐

十、九、八……屋里的人在狂叫，新年的钟声正倒计时。

寒风中，他把头缩进单薄的衣领，像幽灵般漫步在树荫下，女儿的话又响起在耳边，"奶奶病了，已没钱买药，妈妈也一直没回来。"

"哎！"他叹气，来深圳做工已三年，活没少干，可就是没挣了钱，尤其恼火的是，在门口等活的民工，随时都可能抢走他的饭碗。

"怎么？又在想家事？"出门透气的老王问，随后又规劝说，"电话后，好几夜没睡了，保重自己。"

"嗯！"他应着，"你也注意身体，上年纪了！"

屋子里，人们还在狂欢，六、五、四……

老王嫌冷回屋了，深呼吸，他也想呐喊！

抬头看夜空，月亮正竭力冲破厚厚的云层，细看，月亮里居然有个女孩儿在对他说："爸爸，你们唱歌我转圈。"

闺女，该睡觉了！老婆的身影出现了，要抱女儿进奶奶屋，可女儿却撅嘴不同意。老婆给女儿解释，说床小太挤，并向他挤眼，可眨眼间，屋里闯进一陌生男人，老婆居然跟他走了。

"站住！"他喊，打断了自己的回忆。

月亮已冲破云层，他也决定不再想老婆的事，等过完年，他就跟老乡去另一个工地，都说那里的工资高，活累，累，他不怕，只要能挣到钱，年底就能回家和老人孩子团聚了！

不知不觉，脸上滑落的泪水已被风干，抖擞精神，他叉开双腿八字步站稳，手做喇叭状，抬起头，向着家的方向声嘶力竭地喊："新！年！快！乐！"

◄ "苗条"健康茶杯

公园的广场上人山人海，"苗条"健康杯青年歌手大赛的报名活动正这里在展开，抬眼望去，广场外围的四周，各种小商贩云集。有卖小吃的，姑娘、小伙儿穿堂在客桌间跑来跑去，老板大叔忙忙碌碌挥舞着餐具；有卖服装的，花花绿绿的衣服中，有外套，内衣，纱巾……

冲过热情商家的追堵，我看见了报名处。

一张长条桌椅前，一男两女三个人并排坐，因没人报名，三颗脑袋挤一起似乎在商议什么，桌子的一旁竖着一块大牌子，上面是代言明星照和对"苗条"系列健康茶的详细介绍，说："苗条"健康系列品是国家免检产品，它能在没有任何副作用的情况下，让胖子变成瘦人，让瘦人更加苗条，并且还适应"三高"人群，只要坚持长期饮用，能治百病……

新产品哦，报名现场这个火爆呀！人们争先恐后地观看产品，都兴奋："这可好了！我的病没事了。"

"多好的东西啊！"

"噢、噢、噢……"

"不知道哪儿能买到？"

观看大家的兴奋神情，似乎他们都已瘦身成功！

可我只关心大赛，不在乎什么金牌、银牌，关键是能成名，将会成为家喻户晓的明星，到那时，人们"嗷嗷"的就不是"苗条"健康茶了，而要的是我的美丽香艳，是我的性感青春、精妙服饰。顾不上再想，赶紧去报名。别说，那报名费还真不低，5000块呢！

想想，这可不能在意，成大事者不居小节！

在家等来等去，几天后才收到他们的大赛通知：谢谢你购买"苗条"健康茶……

◄ 来世之约

　　偷偷摸摸，我被他藏了起来，他说他是专程回来找我的。

　　他帅气、优秀，被很多的女人包围着，可他很花心，睡过的女人无数，还吃喝嫖赌样样占全，赌博，让他倾家荡产，外债累累，家里呆不下去后他失踪了，听说去了北京，可仍然继续吃喝诈骗；老婆也癌症去世了。

　　我假装不知地问："离了？都自由了还结婚干吗？"他说只爱我！

　　就凭他睡过那么多女人，我才不相信他的鬼话呢！何况老公还给了我富足的生活，儿子已长大成人。可他说：只要我心里有他就行。接着，他悄悄存给我两千万现金后就又失踪了。

　　一觉醒来，发现自己只是在做梦！那么多的失落：我也爱他，感觉他曾经对我付出的一切，仿佛就在昨天……

　　突见老公急急忙忙赶回，他惊慌地问我怎么回事：说银行多了两千万！这？怎么可能呢！那个梦境？！

"铛！"是手机短信。

急忙打开看，是他：宝贝，二十多年不见了，现在才明白，我这一生过得很荒唐，我知道自己配不上你，更无法得到你的谅解，可我爱你，今生已不再奢望，只求你能过得好，来生咱们再见吧！记住：天堂的门口我会一直等着你，我们一起去投胎轮回……

这，轮回？还有那钱，都是诈骗来的吧！

赶紧往后看：千万不要怀疑那些钱，它们都是干净的……

◀ 瘾君子

　　优越的家庭条件，铸就了宏桀骜不驯的性格，得天独厚之余，他是无恶不作，公安局里挂号也没关系……

　　尽管宏一直放荡不羁，可喜欢他的女孩子可谓是成群结队："宏哥，妹妹请你吃饭呗？"

　　"吃饭？"他不屑。

　　"宏，给你。"

　　有时候，知道他手头紧了，女孩儿们就会主动帮他买这买那。可这些中学校园里的女孩儿，全是枉费心机，等走进社会后，宏很快就又结交了新的女孩儿，还在短时间内就宣布结婚了，但小两口总是吵吵闹闹地，孩子不小了，宏却很少回那个家了，老婆抗议说："有你这样过日子的吗？离婚。"

　　"离婚？"宏一副无赖相说："你怎么说得那么简单呢！"

　　"那你想怎么样？"

　　……

耗不过他，老婆只得给了他十万元的青春补偿费，从此，九岁的儿子也和他成了陌路人，可以说，家人都对他爱恨交加。离婚后，他曾经是市组织部长的哥哥下海成了亿万富翁，慷慨地赠送弟弟一套别墅，不久，他就又带回了云南的少数民族小女孩高调结婚，可女孩也一样不堪宏的异人类生活，只得离开住回娘家去了。

宏的生活更放荡了。

小儿子三岁的时候，宏却失踪了，家人去别墅找他，可惜房主都早已改姓换名。父母急，哥哥姐姐急，朋友们急，经过无数天的努力后，人们终于在一处破烂的出租屋里找到了他，可那已是一具腐烂了的尸体，正蛆虫蠕动。

空旷的屋子里，唯一陪伴他的只有一只用过的注射器……

◀ 致命一击

"他死了。"

"啊？"我不相信自己的耳朵，同时也为这个消息感到震惊，茫然不知所措，急忙摆手申明，"哎不不不不，我问的是您的儿子，宏！"

"啊！"老师很平静，肯定地点头说，"是。"

"怎么会？"我楞住了，伸长脖子惊愕地问，"为、为、为什么？"

老师把头伸向我的耳边小声说："他吸毒！"

"这？"我僵住了，随后摇摇头，怎么可能呢？宏才多大呀！沉默了很久，又独自点点头，在心里安慰自己：这不是我自己早就预料到的结果吗！

宏是老师最小的儿子，他的前面还有七个哥哥姐姐，作为世交，我们从小就在一起玩耍，小学的时候，他长相俊俏、学习优异，没有不喜欢他的人。除了父母工作以外，他七个哥哥姐姐全都参加工作了，家庭条件很优越。渐渐地，我们一天天长大了，宏也由原来的清高变得桀骜不驯，整天惹事生非，大错不犯小错不断，多次进派出所，可他的哥哥姐姐们早已布满了各个单位，更别说还有一个做省委部长的哥哥……

"我早猜到了。"我回过神对老师说。

"是吧！"老师眼圈瞬间红了，我也掉下了痛心的眼泪。

"老师，别再为他难过了。"我急忙安慰老师，"您已经很努力了。"

"嗯，他败光了我留给他的所有家产……"

"哎，只怪他走错了路。"

……

茶友们都在互相解析、并劝慰老师，面对着六位白发苍苍的老人，我立即告别所有人，赶紧逃出了他们常聚的茶馆……

◀ 天堂没电话

　　走出贫困、拥有亿万身家后，丈夫却有了外遇，翠没吵没闹，她带着儿子净身离开了家。经数年的努力后，母子又重新拥有了富足的生活，尽管艰辛，但她人生的精彩又赢回了丈夫的心。

　　丈夫一天天紧追不舍，但让翠渐渐长大的儿子不能理解的是：为什么爸爸对妈妈那么好，而妈妈却要选择一个坐了十年监狱的发小。

　　突然，前夫涉嫌巨额诈骗被判死刑，翠更坚强许多，还帮前夫承担一些力所能及的债务，对儿子更是呵护有加，可当她去了一次医院后，这一切就都变了："你，把换下的鞋摆好！"

　　"你，学着做饭。"儿子莫名其妙的看着反常的妈妈，可她还在说，"你，还要学会自己生活。"

　　……

　　发小刚出监狱，在她的店里帮忙，经过长时间的相处，两人都觉得对方是自己要找的人，可这却突然因为一笔小小的生意失误，她解雇了他，发小愤怒而去。

　　"儿子。"突然的一天，她打扮的很漂亮，跟儿子商量说，"舅舅、舅妈是你的亲人，如果有一天你要去和他们一起生活，一定听话，有什么不懂的就问舅舅……"

　　"我干嘛要跟他们一起生活啊？"十七岁的儿子打断了妈妈，他一向不喜欢势力、贪财的舅舅、舅妈，"这世界能有多大呀！月球和地球都能直接通话了，我可以随时给妈妈打电话！"

　　翠欲言又止，迷茫地看着儿子，医生的话又响起在她耳边：你，肺癌晚期……

　　"妈，对不？"儿子打断了翠的思绪。

　　翠没有回答，她只是看着天空在遐想：天堂那边有电话吗？！

◀ 瞒
·······

几十年，岁月静好，可石戈的脑子里总萦绕着一个挥之不去的画面：静怡的农家小院里，有浅灰色的茅草房，绿树成荫中，一颗粗壮的桃树上有一个模糊的身影在晃动。

"奶奶，快看。"石戈带家人去旅行，小女儿蹦跳着向孪生哥哥搀扶的奶奶身边跑去。石戈感慨，这名山大川真美啊！山，青翠欲滴，花红柳绿间，脚下溪水潺潺……

"爸爸，看这儿，美不？"儿子喊。

"很美！"石戈看见，女儿也认可的向她的哥哥点头、抿嘴微笑，而自己身边的母亲，孩子们的奶奶，此时眼里也溢满了天伦的幸福；可老母亲发现，石戈灿烂的笑容瞬间凝固在了不远处的树梢上。

旅行结束不久，石戈在办公室收到一封陌生的信，信中写到："四哥您好！我是你最小的妹妹……"

什么？石戈大惊：妹妹！什么妹妹？惊慌中他六神无主，双手赶紧合拢信纸，感觉它就像烫手的山芋；失落跌入考究的藤椅中想，妹妹！？怎么回事？渐渐稳定慌张的思绪，石戈陷入了深深的沉思中，可他依然什么都想不起来，慢慢捡起失落在地上的信，展开、合拢，合拢、展开，无数次后，他咬咬牙毅然打开：

"我们的父亲去世了，母亲已年迈，可她千方百计在寻找你，只是想知道你的下落，她说当年送你走，是因为你的养母不能生育，也是父亲对战友最深厚情谊的表达……"

恍然大悟！石戈终于明白了：为什么他的一生一直都生活在搬迁中，一次比一次离家乡远，可大都市绚丽的繁华，怎么抹不去他心中那低矮茅草屋、以及桃树上的身影。一年前，眼前的父亲去世了，母亲眼神里又出了曾经有过的忧郁……

父亲？这个字眼让石戈灵机一动！

树梢上，那白里透红的桃子间，一直潜伏在心里的另一位父亲，也现出了清晰的微笑……

◀ 守财

听说九十多岁的李老汉病了，躺在床上皮包骨头的他，在一天天熬日子；曾经，他交代儿子，如果我不行了，你把家里安排好了再通知她们。李老汉嘴里的她们说的是他的三个女儿。

大女儿是前妻生的，五大三粗，心眼却细，每次见到他都说："老爸，你的钱我不要，给两个妹妹吧！"

其实，她是变相地跟父亲要钱呢！试想想，她的母亲死的早，觉得父亲应该偏向她，其实，父亲确实是偏向她的，每次分东西，她的都比别人的多。可关于钱的事，李老汉却很不好说，他不仅没给过大女儿，除了自己喜欢身上带着大把的钱以外，还喜欢存银行，最后回家看着自己的支票开心地笑……

而二女儿和三女儿则不然，每次二女儿是直说，我最近手头紧，想跟老爸借点钱，可李老汉更直接：我没有！

三女儿虽什么都不说，但三女婿姐姐每次见到李老汉就说："大伯，你的钱那么多，花不完就给点……"

"我哪有钱！"于是，李老汉再也不去三女儿家了。

儿子开着厂子，需要大量的工人，李老汉闲不住，他也去，等待发工资的时候，他一天一天跟儿子对帐，差半天也不行，儿子生气啊！你非得这样跟我这样斤斤计较吗？

病床上，李老汉问儿子："你姐姐她们不会偷我的钱吧？"

"偷什么啊？"儿子反问老爸，"你不是都安排好了吗？"

"不是！我说的是，"李老汉上气不接下气，"你看，谁谁来看我，拿了一百，谁谁又拿了二百，谁谁……"

"别谁谁了。"儿子指着李老汉的胸脯说，"一共一千二，我都帮你装你上衣口袋里了。"

"哦，"李老汉歇心了，他觉得，还是儿子最靠得住。之后，他一直用手捂住自己的胸口的上衣口袋，直到去世……

◀ 十元钱的故事

嘟……嘟……。老太太不停地打电话，可回答的只有一个声音："对不起，你所拨打的电话无人接听。"

"这是怎么啦？"老太太在心里低估。

嘟……嘟……。老太太又跟老四打："老四啊！你三哥哪儿去了？"

"不知道啊！怎么啦？"

"他怎么不接电话呢？！"

"没事。"老四在电话那边安慰母亲说，"妈，放心吧，我哥没事，他肯定是在忙。"

挂断老四的电话后，老太太又开始给老三打，从中午打到晚上，漆黑的夜啊！电话声声越来越清晰，可回答仍然还是那句话："对不起，你所拨打的电话无人接听。"

老太太来自赤城，定居涿鹿时都快八十岁了，因为家中已无亲人照顾，她只得随两个小儿子前来居住，儿子们很孝顺，给她买了一套楼独住。可不知为什么，三儿子的电话怎么就突然没人接听了呢？他这是有什么事了？

一夜无眠，起床后，她决定去三那儿看看。

小区门口，老太太跟出租车司机商量："我想去北街看看儿子，如果没事，你还顺路把我捎回来，回来的时候就不收费了呗！"

看着年迈的老人，司机眼窝一热，爽快地回答："行。"

一瘸一拐，老太太艰难地走进了老三的饭店，一桌客人正在吃饭，老人向厨房匆匆走去："老三，在呢！你怎么不接电话啊？"

"妈，你怎么来了？"

"没事没事，没事就好。"老太太怕耽误出租车时间，边说边回身："车还在外面等着我呢！我先走了啊……"

"哈哈哈……我，哎，十块钱烧的。"下午，老太太在小区的广场上和老人们呆着闲聊，她欲说还休、却自我解嘲、又无限痛惜地说，"看，十块钱没了不是？"

"怎么啦？"

于是，她就给人们讲起了前面的故事。

◀ 救赎

直闯刑警队，是因为熟悉副局小李。

理直气壮推开主管局长的办公室，小李大咧咧地问："干啥呢？"

"正查阅这案例！"

"这个，咱们这儿还是第一例吧！"小李问。

"是！"局长对我也友好地笑，还客气地说："坐坐坐，请坐。"

什么也没有说，也不用说什么，我从包里掏出一沓"老人头"，没有迟疑，小李直接把它放进了局长的抽屉。

"别别别，都是亲戚。"局长客气着，把钱还给了小李，压低声音对我说，"这与毒品沾边，国家规定，最低判刑三到五年。"

"哦！"我意味深长地打断了局长的话，用眼睛直视他是想提醒他，他受贿，他自己这也是在犯罪……

"叮……"电话是贿赂局长的饭局。

下楼时，当小李给他递眼色后，局长立即会意向另一边楼梯走去，局长背影不见，小李指着兜里刚被退回的钱对我说："一会儿再给他。"

　　我无心吃饭，直接回厂里，可随即就接到小李的电话，匆匆赶回后，小李问："身上还有多少钱？"

　　"干什么？"

　　"保释孩子去啊！"小李的话让我犯蒙，忘了回答。

　　"嗖"，他的车带我窜出去很远。

◀ **点滴**

安全局终于抓住了一号间谍，可他的嘴石头般硬，还歇斯底里地狡辩，为了响应联合国刚制定的人道主义，我暂时放弃了问询。时间在分分秒秒飘过，案情没有任何进展。

"又是通宵！"助手欣喜地看着我说。"嗯，可以使用了。"

液体点点滴滴，缓缓流进了一号的脉搏，一号的脸祥和了："谢谢！其实，我也是被迫的……"罪犯嘴唇在不停地蠕动，一号在返真药物的控制下，终于交代了全部与国外的间谍活动。

"恭喜教授，你的发明成功了。"此后，一个个深藏的贪官被铺入狱。

"去，给人民医院的那些大夫都点滴上。"想起他们收礼时心安理得的样子，我愤恨地说。"什么？返真？用了这种药物能让人回归人性？"院长愤怒地看着我："你神经病啊！""真的！不知道吧！被捕的那些贪官污吏，都是在这种药物下交代犯罪事实的！""保安，把这个人送精神科。"

◀ 考察

．．．．．．．．．．．．．．

走马上任后，强在计划着自己的理想。

多次开会，他终于决定，自己先出去寻找商机，争取能使小镇焕然一新，再给老百姓带来更多的福利。

理所应该，办公室主任静要跟随，她不仅能言善辩，而且还风姿卓越，做公关，肯定行！可去卫生间的时候，妇女主任妮却对他嫣然一笑，强开始有些莫名其妙，笑什么呢？难道她也想去？可她是管妇女工作的呀！

夜晚，正查阅两个人的资料，妮来了，她怎么也没回家？看样子，是个好干部，值得好好培养，于是，妮说自己的见解，夜，渐渐深了，草丛里的蟋蟀在叽叽，对面的办公室里，静还在静静的查询资料。

见强打呵欠，妮起身告别，强会心一笑，妮也笑了，问："出去的人定了吗？我自荐！"

自荐？妮走后，强在琢磨着她的话，可妮没走远，她返身站在强的门外，思索中，强出门就撞到了妮，没想，妮正望着夜空静思，动情地说："今晚的月亮好圆！"

强也抬头望夜空，静办公室的灯光灭了。妮靠在强的肩旁上，强偷眼看她，不忍心打断她的兴致。对面，静却在漆黑的窗前微微一笑。

北京郊区某宾馆，灯火辉煌，司机在提醒强："镇长，该休息了。"

"啪！"房间一片漆黑，"北京也停电？"

有人在扶强，他上床，有人搂住吻他，强急却说不了话，渐渐地，心跳加速，是静，他闻到了她的香水味，把持不住……

灯亮了，另一边还躺着妮，一左一右，她们正会心地笑！小声说："行家，和前镇长一样！"

◀ 食人花

张石总扭扭捏捏，像娘们。

可张石的行为却柔中带刀，恨不能吸干所有需要他的人们。在法院工作，家里却开棋牌室，人们是敢怒而不敢言。

张三在棋牌室一夜输了十二万，他得利不少，可张三的侄儿被摩托车撞了。

肇事者是本家妹夫，他来找张石："姐夫帮帮忙，我撞伤人了。"

张石答应开始运作，可审判结果出来，妹夫才明白，自己没有张三送得多，所以败诉了。

恰巧，张石妻舅也来看望，他眼泪一把鼻涕一把："李四家的羊，吃了我的树，我毒死了羊，李四要索赔……"

"交给我！"张石操着娘娘腔，像太监般扭捏着。

妻舅欢欢喜喜地走了。

三邻五村都知道，妻舅家有两个青花瓶，来寻访的买家无数，可妻舅的老父亲就是不给，一直珍藏着，张石对妻子说："听说你舅家的青花瓷不错。"

"你的意思是?"

"你不想要?"

于是,事情迟迟办不下来,妻舅要打听,张石为难地说:"舅舅,不好办呀!找人得花费。"

几经提示,为了能赢得官司,妻舅只得乖乖把珍藏多年的青花瓷送给了他,可最后的结果却依然是败诉,因为对方是他家的大牌友。

英俊的张石,依然不动声色的扭捏着,像一朵漂亮的花。

◀ 救济款

据说上面来了救济款，旺财心里暗喜。

王四为保护大队财产，受伤瘫痪在床，为了照顾他，村长旺财是想尽了办法，可巧妇难为无米之炊。

旺财早早起床，他要亲自去乡里证实一下，三十多里的山路上，旺财心里打着如意算盘，给王四弄大一笔养老金，不信就没人照顾他。

乡长证实，确实有这笔救济款，而且还是国家财政直接给拨的，两个亿呢！

两个亿好像已装进了旺财的兜里，最后，他都不知道自己是怎么回村的！

"以后，我照顾王四。"大辣椒翠花脑子反应快。

"还是我最合适！"

争来争去，最后还是旺财一锤定音，村里所有的老娘们轮流，工资年底发！女人们像捡了元宝，一个个兴奋而去。

救济款终于下来了，村里每人五百。旺财急了，怎么村委会一点没有，乡长解释说，国家政策，要落实到个人手里！旺财转身，他决定去找上级，他得帮王四多争取一点，可区政府大院里，一辆辆崭新的名牌轿车，让旺财怀疑自己走错了门，正要退出，却有人叫："旺财，你怎么来了？"

　　"老乡长啊！"是现任副区长，他原来的乡长。

　　后来旺财愤怒而返，他才不相信那些鬼话呢！说什么人人有份？全区一共才多少人啊！就算到区财政的只有五千万，那剩下的三千万呢？

　　救济款又下来了一笔，旺财意外获得了十万元，他莫名其妙，领导解释说，这是区政府发给基层干部的辛苦费……

◀ 修路

张庄的几十户人，都是一个祖宗的子孙。

当年，年轻的老张俩口出来逃荒时，见此地山清水秀，就在这里定居了下来；顺着潺潺溪水走，一公里以外是小镇。

一年又一年的山洪冲击，小溪在不断的变化着，河槽变得弯弯曲曲，行走变得越来越艰难，过来过去，淌水无数，病人、孕妇更是望水兴叹！

有人感概，能修条路就好了！

村村通文件下发后，人们欢腾不已，可张四以及少数一部分人，都拒绝自费一半，事情就不得不搁下了。文件再次下发，大队决定，不足的修路款由大队补助，老百姓只需出义工就行了，可张四还是不愿意："修什么路啊！我三叔都九十多岁了，那路不是一直走得好好的吗！"

但赞成修路的人还是多数，水泥拉来了，石头送来了，小溪边，人们热火朝天的，一段段，平整的水泥路面，一天天在增长。

张四在镇上开饭店，活多很忙碌，可他怕掏义工款，也将将就就地来上工了。又是一个清新的清晨，当村支书到施工现场的时候，人们却早已罢工，据了解，说是有人贪污。

　　赶紧把人们召集来，张四说："书记，我可是知道了啊！我们修路是有工钱了，对不对？"

　　"对呀！"村支书不明白他的意思："怎么啦？"

　　"怎么啦？"张四朝人们挤眼，"可村长说，是义工！"

　　"不会吧？"支书不相信。

　　在众人的质疑中，村长交出了这笔义工款。

◀ 伞
·······

应小娅之约，我漫步在繁华的商业大街。

小娅兄妹四个，都是我的闺蜜，他们的父亲是局长，平易近人，我总是亲切地称他伯伯，虽然父母和他们没有任何交往，但只要是我的大凡小事，那几乎就只是一句话的事。

"下雨了！"有人在喊。没想，这句话却把我带回到了十多年前。

"这倒霉的雨天，没怨我又考了最后一名！"小娅追上我说。

"怎么又是倒数第一啊？"我着急问。

"将来可怎么找工作。"小娅叹息着说。

"谁让咱们是农业户口呢！"

"小娅，给你雨伞。"她的班主任在后边追着喊。

毕业了，我们都流泪互相告别，我从此和所有的朋友们都失去了联络，如今再回来，却发现他们都有如意的工作，美满的人生……

"大姐，来把伞吧！"

商铺男人打断了我的回忆。

抬头看看天空，此时正乌云密布，估计一时半会儿雨停不下来："多少钱？"

"下雨天，给大姐打个折。"

漂亮的大花雨伞终于举在了我的头顶，心中顿感欣慰。

"有伞好吧！"一直滔滔不绝的商铺男人说："就不会被雨淋了！"

想想小娅，我冲口而出："当然好啊！要和我伯伯的一样大，那就好了！因为那是一棵好大好大的大树，比雨伞有用……"

当我意识到自己失态时，商铺男人却在轻轻嘟囔："呵呵，神经病啊！"

◀ 回家

清晨，父亲带大明去磨坊磨小麦。

父亲给磨坊师傅交代好，付了工钱后告诉大明说，面磨好了，你自己背回家，我去集市买东西。

磨面的人很多，大明等的过程中，他居然睡着了，被磨坊师傅叫醒，已是中午，顾不得许多，大明背起面粉就走……

"嘟嘟！"突然，村子里来了两辆警车，村长跑出来看。

"这是有什么事了？"人们在议论。

"都过来看看。"警察下车了，大声喊，"认识这个人吗？"

"是大明？"大家更疑惑了，村长也说："大明，他早失踪了，怎么和你们在一起呢？"

大明也看见了父亲，可他没有说话，只是开心的笑。

"他是被遣送回来的，家长签收。"

警察说完，回身去车上扶大明，从警车上下来的大明，居然还背着那袋面粉，他说："我找不到回家的路，只得在人多的大街上等。后来，是一个老爷爷把我带回了家，可奶奶病了，后来就死了……"

说到这里，大明伤心地哭，警察拍拍大明的肩膀接着说："两位老人收留了他，尽管老人的日子也过得不好，但一直尽心尽力的照顾着他，奶奶去世后，爷爷也不行了，爷爷报了警……"

父亲拉过还在哭泣的大明，对警察说着"谢谢"，鞠着躬问："能带我去看看两位老人的坟吗？"

警察也开心的笑了！

走失了一年的大明，又和父亲一起钻进了警车……

雨，一直下

◀ 小伙夫的烦恼

改革开放后，人们的生活富裕了。

张三家儿子结婚，酒席摆在镇上，祝福声在人们的耳边响起。风光啊！热闹前所未有，于是，办事宴请的人家越来越多，就连派出所的小王老婆开个小卖部，也跟风请客，据说还赚了……

"梅大姐，您怎么也出来了？"突然传来的问话声，打断了人们正在谈论的李四家乔迁之喜。

"是小刘啊！"女人的话语很热情。

"是！"小刘的声音很恭敬。

"对了，我正想找个门面，你知道哪家的好啊？"

"想找门面？梅大姐准备做什么事业哦？"小刘试探着问。

"我想开酒店。"

其实人们都认识这个女人，她是镇长的老婆。

忙忙碌碌，酒店终于开业在小镇的西头，门面虽然不大，但开业却是盛典，人流、车辆都络绎不绝，人们都开开心心而来，恭恭敬敬而去，有知情人说，镇长老婆这次开业，净收入达五十多万。

"老张，我孙子要结婚了，请你喝酒啊！"

"老张，你准备喝我外甥女的喜酒吧。"

"张师傅……"

看着手里厚厚的请帖，我带着笑容的脸，在他们转身之后，一下变得僵硬起来，一年的工资早被请完了，这以后的日子要怎么过？

◀ 张妈

张妈的死讯传来，人们都松了一口气。

赶过去，小俊正站在院子里骂敬老院的一伙老头，尽是些废物！你，去找门板；你，去搬高凳子，听这话，感觉张妈应该还没装殓，我赶紧上前问小俊："还没弄好吗？"

"那个好了。"小俊厌烦地说，"这，正在摆弄。"

张妈居然和大儿子一天死了，时间只差几个小时。其实，张妈已经死了好多次了，等每次赶来帮忙，她都悠悠又活过来了。

"真是捣乱！"小俊还在嚷嚷。

"怎么回事呀？"

"他。"小俊指着他哥的灵棚说，"好不容易折腾完，没气了，我妈也开始了，死过去活过来……"

"哎，死也不容易啊！"有人感概。

张妈已经八十多岁了，唯一让她放不下的，就是她的大儿子，老伴死得早，大儿子为了照顾家，累死累活，最后因为婚姻不顺，他疯了，而且越来越严重，吃喝拉撒都需要人管，在敬老院煮饭的小儿子小俊，他虽然是哥哥养大的，可他从来不管哥哥，这样，照顾病人的事，就全部落在张妈的身上，可张妈身体不好，一次次的病危，却都因担心大儿子以后无法生存，又奇迹般的活过来了。

小俊说，早晨他妈叫他，说他哥不行了，他过来时，张妈正哭，说自己终于可以放心地走了，等他哥断气时，张妈也倒下了……

雨，一直下

◀ 经典回放

"啪！"随着高压水枪的砸地声响，正在为梦露雕像做保洁的工人也应声倒下……

这天，风和丽日中，失踪已久的梦露，第一次出现在人群里，她漫步在芝加哥的广场上，和助理一路低语，洁白的长裙，正优雅地随风婀娜。

远处，一堆人正围着雕塑在感叹，一个老男人说："这是我永远的梦中女神！"老女人说："哼！"

疾步上前，梦露便看见被放大了的自己，一块精致的大理石上，它身高约八米，洁白的纱裙正被风撩起，本能的，梦露急速压低着裙摆……

还记得，这是自己在电影《七年之痒》中的瞬间经典；不明白，它什么时候被雕塑在了这里？

"亲爱的，你看，大家是多么的爱你！"

撇开助理，梦露快速向八米走去，她想摸摸它。

"啊！"手触到雕塑的瞬间，梦露像触电，她感觉，自己的灵魂和雕塑融合了，纱裙再次飘起，嫩白的大腿，性感的臀……

"买嘎！"梦露惊呼着，她又一次急速按住裙摆，迅速在风中旋转起来，一圈、两圈……

"哦！"正做保洁的工作人员，也被她的"纱裙"击倒了。

"啊！"人们惊呼，"梦露、梦露……"

梦露知道自己惹祸了，急忙抽回手，转动的雕塑恢复了原样。

正悠悠醒来的保洁员，慢慢从地上爬起，周围，正站着一群愤怒的人……

雨，一直下

◀ 蒙娜丽莎的愤怒

沉睡五百年后，她终于愤怒了！

当达·芬奇用画笔精心地创造了它——《蒙娜丽莎》肖像画后，蒙娜丽莎就带给了世人永恒的"神秘的微笑"。

在画中几百年，蒙娜丽莎决定到世间走一走。

首先，人类在各方面的进步，就让蒙娜丽莎惊讶。大街上，人们的服饰千奇百怪，有袒胸露背的，有迷你露臀的，当然，也有好多精美的职业装。看着自己身上，与周围格格不入的装束，蒙娜丽莎胆怯地环四处张望。

"美女，我们这儿有适合你的时装。"

"贵妇，我们店更多，你看你，多高贵的神情。"

瞬间，蒙娜丽莎还没弄明白，就被人们团团围住了。

被拉入店中，她被换上了各种各样的服装，不同的年代，不同的造型，有人眼尖，认出了她，偷着在一边用手机拍照。

蒙娜丽莎是目不暇给，她眼花缭乱中，根本没看见换装后的自己。

　　走出商店，对面商业大楼上的广告频上，她突然看见了一组图，1900 年的她，正袒胸露背，像被人刚刚施暴，她正在竭力拥紧自己的衣衫。2000 年的她，牛仔裤的腰上方，是她裸露的肌肉和肚脐，轻挑的紧挨着。十年后，那巨乳……

　　蒙娜丽莎不敢再看下去，她惊叫，呜哩哇啦地问，大街上的人们都莫名其妙地看着她，不知所云。

　　蒙娜丽莎愤怒到极致，她隐身而去……

雨
，
一
直
下

◀ 望乡

十月的金门，秋高气爽。

岛上，一位老人正对众人挥手致谢，并对身边的女士说："夫人你看，好美丽的金门岛屿！"

面对两位白发苍苍的历史老人，工作人员也肃然起敬，躬身相迎说："老先生，请这边走。"

小岛之巅，一台望远镜正鹤立鸡群。

两位老人颤颤悠悠，他们互相搀扶而上，夫人嘱咐说："先生慢点！"

可众人都明白，这是老人一生的心愿！他早已是迫不及待了！走在前面，老人忽左忽右，努力之后，他终于走上了山巅，稍稍喘气，他转身，把手伸向女士说："夫人快来！"

宽阔的海面上，正波涛翻滚，滴滴海水像是懂得老人的心，它们也兴奋地狂欢着！

看见望远镜后，老先生兴奋异常，顾不得喘息，老先生弯下腰，把脸紧紧地贴在了镜片上，贪婪地，他注视着前方，突然，他大声惊叫道："看见鼓浪屿了！"

"真的吗？"夫人惊喜地问，伸手去抓望远镜。

"别动、别动！让我把家乡的山山水水，都清清楚楚地看个够。"

九一八，东三省，还有茫茫的黑土地，都在老人的心中一闪而过……

不情愿，老人把望远镜让给了夫人，热泪盈眶，他把颤抖的双手轻轻放在胸前，抬头仰望天空和大海，喃喃自语道："汉卿终于见到家乡了！"

小岛之巅，夫人还在观望着对岸。

大海里，浪花正欢快地撞击着金门和不远处的鼓浪屿岛。

◀ 那朵白云

靠在门口发呆,邻居出门了。

来到这个地方,我一直租房住,邻居也是房客,东北女人,四十岁左右,总是一个人进进出出。都说东北人笑贫不笑娼,难道?

"大哥,发什么呆呀?"不知怎么邻居又折回来了。

转眼,女人又从屋里出来了,背着挎包,纱衣在风中飘,背包挡住了她的牛仔短裤,只能看见两条裸露的大腿,扭捏着,一步步远去……

喂喂,电话接过不停,摩托车带我进进出出,一天下来,连个电话费也没挣着。当当,居然有敲门的声音,错了,是找邻居女人的,显然,他们是熟人,邻居欢欢喜喜地把老头迎进去。嘻嘻,那边传来了开心地笑。老头走后,又一个年轻的男人来了。

晴朗的天空中,一朵白云飘过来,它变换着,极度艰难,瞬间,被扯得七零八落。

"你放开，我要回家！"那边居然打起来了，男人要走，女人拼命拉，"别走，我去给你买还不行吗？"

正午睡，门外响起了嘈杂的声音："先放家俱，家电随后。"

第二天，又和邻居在门口相遇了，她说："大哥，照看点啊！我出趟门。"

"这？"

"没钱花了，去把外地的店子盘出去。"

纱衣裹着裸腿渐渐远去，翻飞在风中，渐渐融进了天边那朵又聚拢的白云里……

◀ 雪中送炭

玲儿待产，可愁坏了山子。

倒霉的全球病毒袭来，让山子顷刻间倾家荡产，身无分文，玲儿的肚子却在一天天大起来。墙倒众人推，讨债的人络绎不绝，不管山子怎样求爹爹告奶奶都没用。

几个姐姐都有钱，可都做不了主，见山子出现，大姐夫阴沉着脸上山做活去了，二姐夫也没了往日的热情，爱理不理地，三姐夫干脆扭着脸。

"疼。"清晨起来，玲儿在嚷嚷。

"那怎么办？"

"上医院！"母亲赶紧手忙脚乱地指挥着。

"啊、啊！"急诊室，玲儿的叫喊声越来越大。

"送产房。"年轻的护士说，"交押金去。"

"这？"山子焦急地向交费处走去，他回望四顾，母亲在斜眼偷看，父亲扭着头，山子明白，他们是不会帮自己的了，短短的二十米多路程啊，山子的脚步好沉重，紧张地摸摸口袋，里面空空旷旷的。

"山子。"门外进来个人。

"二姐，你怎么来了。"

姐姐把山子拉到一边，小声嘀咕，把什么东西往他手里塞；"千万别告诉你姐夫啊！这是我平常绣花攒下的……"

人们大多喜欢"锦上添花"，可我更喜欢"雪中送炭"！

◀ 借车

母亲病了，小刚急得不行。

为了节约开支，父亲陪床的一日三餐，小刚都往医院送，没有便利的交通，来来回回都很不方便！父亲急，母亲说："小刚，借你姐夫摩托车用用！"

"对呀！"

小刚的姐夫很懒，每天都要半晌才起床，他家的活总也干不完，在姐姐的强求下，姐夫去金矿上班后，他一天一块矿石往家拿，日积月累，他们居然得了一笔外财，高兴之余，姐夫买回了一辆摩托车。

"呜、呜呜！"摩托声响起，不大的李庄全能听见。

"上哪儿呀？"

"哪儿也不去。"姐夫下车说，"你家侃会儿。"

"哈哈哈！"人们的笑声此起彼伏，没别的能耐，姐夫侃大山有一套，大街常常能听到这样的笑声，姐姐来找他，"做点正事行不行？"

　　灰溜溜回家，小刚在，说是来借他的摩托车用用。

　　"嘟嘟。"小刚心里很爽，给父母送饭不愁了。

　　可第三天，姐夫就捎信要摩托车了，小刚没顾上送，母亲说："不急，他又没什么事，你再用用吧！"

　　"你着什么急呀？"

　　"有事！"

　　"嘟嘟！"摩托车又在村庄上响起，人们三三两两都凑了过来，有妇人开心地嚷嚷，"快快，侃大山开始了。"

　　难道侃大山就那么重要？

第三辑

儿童篇

◀ 找童年

芦苇丛外，一老一少正在玩耍，小孩儿一屁股坐下，用手在沙滩上画了个圈，老人也要坐，可西装让他坐得费劲，大声嚷嚷说："我不喜欢这衣裳。"

"那赶紧去换一件。"小孩只顾得玩，头也不抬。

老人起身去旁边的背包里找。

我走近不远处正观望的中年男人，他友好地看了我一眼之后，就又转身去看沙滩上的一老一小了。

那边，老人也换了一件灰色对襟袄，一条黑裤了，孙子大声喊到："爷爷，转过脸去。"

"又叫错了！"老人转过脸后厌烦地对孙子说。

小孩儿不理他，从地上爬起，撅着屁股把铅笔刀往圈里的沙子上扎，扎进后还轻轻摇摇，小心翼翼把另一只手里的东西往刀边的沙缝里放，待沙子抹平后说："君君，该你了。"

我正奇怪，君君是谁？可老人却转过身咧开嘴大笑，他开心地说："这次，你叫对了！"

"老人小时候叫君君。"中年男人似乎猜透了我的心思，他解释。

"在哪儿呢？"老人趴下又起来，起来又趴下，头歪来歪去，像是观察敌情，可不论摆什么姿势，他都觉得不合适，最后，他也和小孩儿一样，干脆撅着屁股看，找了半天后他惊叫，爬起身扭捏着说："在这里！君君赢了！"

小孩儿不服气，语气生硬地说："该你藏了。"

你来我往，老人孩子玩的很默契；中年男人长长舒了一口气，他把脸转向我说："父亲老了，有些痴呆，常常磨叽在沙子藏小东西的游戏。"怕我不懂，他用手示意比划着……

滚滚的江水"哗哗"正向东流，沙滩上，孩子还在叫："君君，该你藏了……"

◀ 阿哥与菊儿

阿哥和菊儿，是同年同月同日生。

阿哥是大爷爷的孙子，菊儿是二爷爷的孙女，阿哥比菊儿大几分钟，他们就像双胞胎。

"阿哥，你别喂小羊了。"

"干什么？"阿哥不耐烦地说，"你又怎么啦？"

"我不想让你喂小羊，没人跟我玩！"

"你怎么那么懒啊？妈妈说，等你长大了，嫁不出去，没人要你！"

菊儿才不管他呢！拉不动阿哥，她开始打小羊，嘴里骂道："讨厌、讨厌你，臭小羊！"

阿哥伸手拉她说，别打小羊了！没想，阿哥用力过大，他把菊儿推倒了，菊儿坐在地上哇哇大哭，大娘闻声赶来："菊儿怎么哭了？"

"阿哥打我！"

"你怎么打妹妹呀？"

"我没有！"

"怎么了？"菊儿妈妈也赶来了，"哭什么？是不是阿哥打你了？别跟他一起玩了！"

"没有！"菊儿突然不哭了，带着泪花说，"我摔跤了。"

"嘿嘿！"大娘偷笑。

"真的没有！"菊儿说着，跑去拉阿哥，"阿哥，我们去看小鸭鸭！我们没有打架，对不对？"

"嗯！"阿哥点点头说，"没有！"

"哼！"菊儿朝妈妈吐舌头，她拉着阿哥跑了……

阿哥上幼儿园了。

第一天放学回家，阿哥就哭了，说是老师训他没背书包，阿哥妈妈奇怪，上幼儿还要什么书包？可人们都说，这是和城里人学习，因为他们是在幼儿园里，就把一年级的课程全部学完了。

阿哥也有了书包，他每天总是得意的背着。

邻居们说，阿哥的书包大小正合适；小朋友说，阿哥的书包真漂亮；菊儿说，我也想要阿哥这样的书包。阿哥自己也开心，他不仅在路上背着，上课也背着，还背着它睡觉。

一学期很快就过去了，阿哥妈妈觉得，阿哥在幼儿园的表现很好，因为阿姨从来没找过家长。

"你怎么这么笨？"

有事去幼儿园，阿哥妈妈听见阿姨在大声嚷嚷，心里想，是谁家的孩子那么笨呢？难道是张三家的儿子？还是李四家的？探身一看，下面站着的孩子，竟然是阿哥，老师正用手点着他的脑门说："你为什么一个字都不会写？"

阿哥低头不语，两手紧紧攥着书包的带带。

"你攥那么紧干嘛？"老师说着去拽阿哥的书包，"从来就没见你放下过它！一直背着。"

"我不放！"阿哥翻脸了，大声地说："那是我的书包！"

"放下！"

"我不！"

阿姨和阿哥互相重复着这句话，最后，阿哥终于放声大哭了："你再抢我的书包，我就不给你写字，就不……"

◀ 玩心依旧

阿哥要升幼儿大班了，很开心。

虎头虎脑的阿哥，白白净净的，很招人喜欢，他没有考试就直接进了幼儿大班，阿姨总看着他笑，也因此总喜欢和阿哥的妈妈说谈他。

可阿哥回家从来不写作业，问他，他说阿姨没留。妈妈相信他，因为阿哥特聪明，村里的小孩儿都找他玩，而且数他鬼点子多，是个孩子头。

村西的山上，有一颗好大好大的松树，很奇怪，就这么一颗，独立在坡上，直望着村子的进出口，远远的看，它茂密的针叶如云朵，左左右右的靠紧在树干周围，就是一颗真真正正的迎客松，村里的人都觉得它是稀罕物，很信奉它，阿哥也受影响，他总是带着孩子们去山上看它。

晕晕乎乎，阿哥他们总是不夜不归。

"真是的！"阿姨看见阿哥妈妈，就埋怨上了，"你家阿哥怎么什么都不会呀？"

"什么？"阿哥妈妈没明白。

"教的新字，他一个都不会！"

妈妈不相信，怎么会呢！阿哥有那么笨吗？晚上问阿哥，他不耐烦地对妈妈说："哎呀！不说写字好不好？"

"那说什么？"

"我们今天在松树底下发现了洞，里面可好玩了，从这边往那边，还能够穿过去，我和菊儿用手挖坑，把狗子给埋在里面了……"

"阿哥！"妈妈明白了，他的心思全在玩上了，可不什么都不会写？"你在幼儿园不写字吗？"

"没有，一个也没写过！"

◀ 追逐

　　阿哥在大街上疯跑，菊儿跟着。

　　眼看就要追上了，阿哥一阵加速，又把菊儿落在了远处，菊儿着急呐喊，大娘也说，阿哥等着菊儿，阿哥说，他们是在做游戏，追着玩呢！

　　终于轮到菊儿跑阿哥追了，可菊儿还没跑，阿哥就逮住了她，菊儿说不算，俩人争执不下，阿芳来了，她也要和他们一起玩。

　　阿芳是阿哥的堂姐，他叔叔的女儿，可阿芳个性霸道，谁也不喜欢她。

　　看见阿芳，菊儿说要回家了，她怕阿芳欺负她，可阿哥不让，说他不和阿芳玩，还真是，不管阿芳怎么骂，阿哥就一直和菊儿玩，不理她。

　　中午，耀眼的光射向大地，猪圈周围，是树叶间透过的光斑，阿哥说："咱们最后再玩一次，我跑，你追！"

　　"不玩了，这么热！总追不上你！"

"这样，"阿哥说，"咱俩一前一后，只差一点点。"

　　于是，菊儿捉住了阿哥的衣服后襟，阿哥跑，菊儿跟着，他们向猪圈的巷子里跑去……

　　"啪！"一个马趴，阿哥和菊儿都同时摔倒了，堂姐恶狠狠地说："活该，让你们不跟我玩。"

　　"哇啊！"阿哥大声地哭起来，菊儿压在他身上。

　　"阿哥，怎么回事？"菊儿急忙爬去来，"哼，是你堂姐，她把咱们绊倒了。你看，她跑了。"

　　阿哥还在杀猪般的哭，菊儿看见，阿哥用手捂着的额头，正鲜血直流，着急地大声喊："阿哥，你的头流血了。"

　　大娘闻声赶来，堂姐早跑得没了人影……

◀ 打架

阿哥和大胖打起来了,老师闻声而来。

在地上滚来滚去,一会儿大胖在上,一会儿阿哥在上,别看大胖比阿哥高个头,可他好像没有占便宜,胆小的小朋友往一边躲,和阿哥和大胖要好的小朋友分别在一边在加油。

"别打了!"老师边喊边拉,"起来。"

阿哥又按住大胖了,举起小手,他小拳头使劲打在大胖的胸脯上,"嗯……"大胖使劲翻身,阿哥用力按着。

"放手,都给我放手。"

大胖终于翻过身来了,阿哥又被按住了,刚要举拳头,阿哥猛一用劲,大胖又倒了。

"听见没有,都给我住手。"

"哇啊!"菊儿在一边使劲地哭。

又来了两个老师,她们三人终于把阿哥和大胖分开了,说:"为什么打架?"

"问他。"阿哥愤怒地说。

大胖喘着粗气，不服气，他直"哼哼"。

"老师，大胖欺负菊儿。"别的小朋友说。

"哇啊……"

"菊儿乖，不哭了，给老师说说，是怎么回事？"菊儿被老师拉起来，她抽泣着说，"大胖、大胖坏。"

大胖撅着嘴，朝菊儿用力点头，鼻子里"哼"一声，嘴里说道："你才坏呢！"

大家正说话间，菊儿向大胖冲过去，抓住他的胳膊往嘴里放。

"啊……"大胖杀猪般叫，菊儿却"嘿嘿"笑了，"让你咬我！"

"哈哈哈……"小朋友们都笑了。

◀ 上课

周日，阿哥简直玩疯了。

周一去幼儿园，他的心思还全在那快乐中，菊儿说，好好听老师讲课吧！不然你又学不会的，阿哥只得收心开始听课。

阿哥从书包里拿出书本后，他就又把书包背上了，自从老师让放书包，他拼命抵抗后，老师也不再管他了，爱背就背着吧！此时，老师看见他又背上书包后，只无奈地摇了摇头。

阿哥觉得有些累，他趴在课桌上，把下巴顶在手背上，眼睛瞪着讲台上的老师，老师又在讲什么拼音，ang、eng、ong……

哎，阿哥最不喜欢拼音了，什么卷舌音，前鼻音的，怎么也掌握不好！眼皮直打架，阿哥迷迷糊糊，他睡着了。

"阿哥，下课了，我们玩去吧！"

"不去！"阿哥在说梦话，居然歪打正着。

菊儿无趣，只得自己去了。第二节课，阿哥还是那么认真地在听课，眼睛睁着，有时在笑，有时在皱眉思考，可下课时，他还是不出去玩……

"大家看，阿哥今天很乖，一直在认真听课，连下课都不出去玩。"老师在表扬阿哥。

"阿哥。"菊儿用胳膊肘碰阿哥，她很得意的样子。

见阿哥没出声，老师说："阿哥，别骄傲，今天教的拼音都会了吗？"

阿哥还是不说话，菊儿用力推他。

"干什么你？"

"老师跟你说话呢？"

"说话？"睡了一上午，阿哥终于睡醒了，慌忙站起来问："老师你说什么？我刚才没听清。"

"我说，你今天真乖！要继续坚持……"

◀ 逃课

房后的那颗树，很大。

望望树梢，阿哥开始爬树，先放上左手，随后是右手，左腿抬起，右腿跟上，一步步，阿哥爬上了树杈。

呀！真是站得高看得远，家，全部掌握在阿哥的视线里，妈妈正撒谷喂小鸡，爸爸说："感觉这几天，阿哥很反常！"

"怎么会？现在学习成绩上去了，还比以前更用功，看不见，他每天早出晚归的。"

"太安静了，反而不正常。"

"咕咕咕！"妈妈在叫小鸡，随后又对爸爸说，"你别想那么多了。"

对面的乡村大路上，阿哥的同学们正赶去上学，呵呵，你们去吧！老师正等着收拾你们呢！想训我？没门，阿哥又往上面爬了一段，他站在了更高的树枝中间，自己会心地笑，心里得意洋洋，看你们谁能找到我？

午后，婶婶去屋后晾湿了的劈柴，偶然转身，"啊"一声惊叫，树上怎么黑乎乎一团？慌忙回跑，可惜阿哥正午睡，他没有任何反应，婶婶回家后，她惊魂未定，小心翼翼再偷看树上，黑乎乎的东西一直未动。经很多天的观察，婶婶发现，那是死对头大嫂的儿子阿哥，婶婶终于笑了，让你总和我吵架，就不告诉你！之后，她又去房后，问侄子："饿不？"

侄子看着她笑，随后举起了妈妈给他带的午饭，婶婶也笑，她回家，给侄子拿来了桔子、鸡蛋、饼……

"呀！老师来家了！"惊慌中，阿哥从树上掉了下来……

◀ 小鸡捣乱

老师讲的一加一等于二，阿哥早就会了。

趴在桌子上，轻轻翻书包，咦，它跑哪儿去了？阿哥正要往外拿书，摇摇晃晃，小鸡像喝了酒似的，正努力地站在了书包里的纸盒里。

"小鸡，饿吗？"

"叽叽！"小鸡小声叫，还在摇晃身子。

正摸书包里的谷子，老师叫："阿哥说，一加三等于几？"

"二。"大哥急忙回答。

"啊？一加三等于……"

"四。"阿哥这次听清楚了，他打断了老师的话。

阿哥慢慢把小鸡放进桌堂里，他感觉，小鸡还是站不住，安慰说："刚路上跑的，歇歇，头就不晕了。"

"叽叽。"小鸡望着阿哥开心地叫。

第二节还是算术课，阿哥一直就那样趴着，可小鸡不听话，总往外飞，阿哥生气，一直哄，可小鸡不听，还歪着头叫，像是在和他吵架，害的他连老师叫了好几次都没听见。

哈哈，全班同学在笑，抬头，老师已站在他的身边："是什么在叫？"

"老师，阿哥在玩小鸡。"同桌菊儿说。

"你！"阿哥怒视着菊儿，"哼！"

"要好好听课，不准上课开小差。"老师摸着阿哥的头说，"更不能在课堂上玩小鸡，这会影响大家学习……"

可阿哥也在小声嘟囔："看看，明明是小鸡在捣乱嘛！"

◀ 礼拜

菊儿感冒住院了，阿哥想去看她。

早早起床，洗脸、涮牙，响声惊醒了妈妈："阿哥，今天这么乖？"

"昨天差点迟到。"着急，阿哥等不见早餐，妈妈给钱街上吃，阿哥想多要点钱，给菊儿买礼物，急忙嘟囔："好饿！"

一次次换车，阿哥终于来了医院，左等右等，菊儿妈妈终于出去了，阿哥赶紧跑进去："菊儿，我来了。"

"你也生病了？"

阿哥摇头，说想菊儿了，菊儿开心地笑，问："不生气了？"

"小鸡早死了！"阿哥告诉菊儿，他自己特没劲，家里一个人玩，学校也自己一桌，还说爸爸给买玩具的时候，他还特意买了个布娃娃，和菊儿长得一模一样。菊儿不信，可阿哥书包的娃娃还真像她，开心，两个人笑得眼泪都出来了。

中午，姥姥来了："阿哥怎么在这儿？"

"他早晨就来了！"可阿哥给菊儿挤眼，示意她别说。

"没上学？"

"对！"阿哥急忙回答，"今天是礼拜。"

"是是！"菊儿看着姥姥不住点头，给阿哥挤眼，"今天就是礼拜。"

"不对！"姥姥眨巴着眼想，"我来的时候，看见正放学。"

"怎么会？姥姥记错了。"阿哥又给菊儿挤眼，"那是烦人的兴趣班。"

"是吗？"姥姥半信半疑看着外孙女，菊儿肯定地点头，姥姥终于被他们弄糊涂了："嗯，那就是了！"

伸手，她抢到了阿哥高高举起，不给菊儿的布娃娃……

◀ 实践

幼儿园里，阿哥闷闷不乐的，菊儿告诉老师，他们都做错事了。

昨天下午，阿哥从幼儿园放学回家，奶奶孵的小鸡全部出窝了，毛茸茸的，正满院子跑，奶奶去做晚饭，阿哥和小鸡玩，菊儿来找他，他说："菊儿，咱们也来玩老鹰捉小鸡。"

"怎么玩？"

于是，两个人开始忙碌，阿哥让菊儿伸开双手挡小鸡，他抓小鸡，一只只，他把抓住的小鸡，全部扔进了洗衣用的水泥槽里。

"叽叽叽！"水泥槽里的小鸡有的在睡觉，半眯缝着眼，有的想出来，阿哥对正蹦的小鸡说："在里面吧！该睡觉了。"

可小鸡不理他，继续往槽沿上蹦，阿哥阻挡，把飞起来的小鸡抓住，又扔回去……

"阿哥，干嘛呢？"奶奶在叫，满院子看，"小鸡呢？"

"它们睡觉了！"

奶奶发现，水泥槽里的小鸡全死了："啊！它们怎么在这里面？”

"阿哥抓进去的！"菊儿扭捏着身子，开心地说，"我们在玩老鹰抓小鸡。"

"哎！"奶奶无可奈何地说，"看看，把它们都捏死了。"

"没、没、没有吧！"阿哥和菊儿都眨着眼看。

"哈哈哈！"小朋友们都笑了，那是在笑话他和菊儿。老师说，"阿哥，要多用脑子想，小鸡是小动物，我们要保护小动物……"

"不是你教我们的玩老鹰捉小鸡吗？"阿哥委屈地说，"还总是谁也抓不住！"

◀ 人面兽

别看阿哥学习不认真，可他的画画得很好。

自从阿哥不好好写字，老师跟妈妈告状后，阿哥就不想听她的话了，总是在想，我得想法报复她一下，可老师对她却还是一如既往。

终于轮到自由发挥课了，阿哥开始画画。

画爸爸妈妈和阿哥？不好，以前画过好多次了，没有新意，画小鸡？算了，曾经把奶奶的小鸡全部捏死了，心里还别扭着呢！对了，上个礼拜和菊儿去她姑姑家，在大街上，他们看见一条大狗狗，真漂亮啊，雪白雪白的毛，绒绒的，对，就画狗狗！

"先画毛毛，后画头。"阿哥一边画一边磨叽，一笔笔，阿哥画得很熟练，尾巴有了，肚子上的毛也有了……

"阿哥，画的什么呀？真好看！"

"狗狗！你不画？"

"我不知道画什么？"菊儿想说，"画老师吧！她那么漂亮！"

于是，两个人各自忙碌起来，可菊儿画得很糟糕，一点都不像，阿哥一边自己画画，一边指点她："这样、这样！"

他们的画都画好了，尽管菊儿的"老师"画得一点不像，可菊儿高兴得不得了，菊儿觉得，阿哥的这幅画应该是他最得意的作品，可奇怪的是，他就是不让菊儿看。老师说，把你们的作业都拿上来，让我看看，菊儿蹦蹦跳跳地去了，老师给她指正后鼓励说，要继续努力，菊儿说，我看见阿哥画的狗狗真漂亮……

可不管老师怎么叫阿哥，阿哥就是不交上去。

老师觉得很奇怪，她要出了阿哥的画，画面上，是漂亮的萨么耶，可那狗头，怎么看，都有点像自己……

◀ 铅笔

········

妈妈发现，阿哥的文具盒里多了几只铅笔。

她奇怪，最近没给他买铅笔啊！难道他自己买的？不对，他没向自己要钱啊！于是问："阿哥，你买铅笔了？"

"没有！"阿哥回答得很轻松，之后偷笑，"我捡的！"

"捡的？"妈妈莫名其妙，"哪儿捡的？"

"教室！"

第二天，妈妈去学校，一直观察阿哥，上课了，大家都在认真听课，妈妈此时才发现，自己的儿子阿哥好动，总扭来扭去地，正想离开时，妈妈看见，阿哥在偷偷拿同桌菊儿的铅笔，随后小心低头，把菊儿的铅笔扔到了地上，假装听会儿课，他钻到桌子底下去了，菊儿小声催他："阿哥，老师看见了！"

"我捡了只铅笔。"阿哥说，并把铅笔放进了文具盒里。

"我的！"菊儿看出是自己的笔后说。

"什么你的！我在地下捡的。"

"算了，给你！"菊儿不跟他计较，又开始听老师讲课了。

回家，阿哥很开心，妈妈问："是不是又捡铅笔了？"

"嗯！"阿哥高兴地蹦。

"老师说了没？好孩子都要拾金不昧！"

"说来！"

"妈妈也认为，要想做个好孩子，不仅要好好学习，还要……"

第二天，阿哥把"捡来"的铅笔全部交给了老师。

◀ 疤痕

周末，阿哥带菊儿在田埂上玩。

叔叔在耕水田，把里面的大贝壳一个个往田埂扔，阿哥两个，菊儿一个，正开心，叔叔又扔上一个，菊儿去捡，阿哥看见，新贝壳比自己手里的大，阿哥急，用拿着贝壳的手推菊儿。

"啊！"菊儿惊叫，阿哥不管，只顾去捡贝壳。

"菊儿，怎么啦？"叔叔在田里喊。

"哇啊！"菊儿大声地哭，她的右手捂着额头，鲜红的血，正从她的手指间溢出来，"哇啊！流血了！"

"啊！"叔叔上田埂，抱起菊儿往家跑，"大娘，快！"

"怎么了？"

"两个孩子抢贝壳。"

"真是的！"奶奶埋怨着拿出创可贴，给菊儿贴上，"总在一起玩，怎么打人呢？完了，这将来肯定是块疤，咱孙女要破相了。"

转眼一年过去了，又是春季，阿哥和菊儿又在田埂上玩叔叔扔上来的贝壳，你一个我一个，看看菊儿脑门上留下的疤痕，阿哥用手摸摸，歉意地问："还疼吗？"

菊儿开心地摇头，安慰阿哥说："不疼！早就不疼了！"

"嗯！"阿哥皱着的眉头终于舒展开了。

转身，他拉起菊儿的手，蹦蹦跳跳，两个人愉快地回家去了。

幼儿园里，老师开始教大家写阿拉伯数字。

"1"像树棍，"2"像鸭鸭，阿哥特高兴，作业本上，他写了一排又一排，"3"像什么呢？阿哥不知道。

回家，阿哥又写了好几页，第二天拿给老师看，老师奇怪地问，怎么两个"2"？怎么会呢？阿哥很郁闷，坐在座位上发呆，好几天的作业，他都重复着两个"2"，老师叫他："阿哥，怎么不动动脑筋，3应该这样写。"

可阿哥还是一直都不会写，菊儿教了他一遍又一遍，最后干脆不理他了，走在放学的乡间小路上，"秃噜噜"，一只蚂蚱飞过。菊儿叫："阿哥，看！"

"干吗？"

菊儿奇怪地看着阿哥，随后自己去追蚂蚱，追呀追，菊儿终于回来了，她高高地举着手喊："阿哥，蚂蚱好大呀！"

"一边去！"

"怎么啦？"菊儿关切地问，随后嘟囔说，"你不是最爱逮蚂蚱吗？"

可阿哥没理她，自言自语："妈妈说，会写小鸭鸭2，就会写3，可我怎么就不会呢？"

"哎呀！"听阿哥说的又是关于"3"的事，菊儿急得跺脚，"你真笨！"

阿哥撇嘴低头，一言不发。

"这样！"菊儿找了根树枝，蹲下，在地上比划，"会写2吧？"

"会！"阿哥赶紧在地上写上2。

"2写好了，在它后面加个小尾巴！看，这样。"菊儿边说边写，在2后面画了一撇。

"啊！这样啊！"阿哥惊奇地叫，一连写了好几个"3"，还顺手抢走了菊儿手里的蚂蚱，哈哈哈，两个人开心往家跑……

◀ 铅笔刀

上学迟了，菊儿急忙往教室里赶。

咦，小朋友们在干吗？赶快向自己的座位上挤，阿哥只顾忙自己的，动也不动，菊儿生气了，大声问："你们都挤在这儿干吗？"

"削铅笔呀！"

嗯？阿哥用的什么刀？菊儿疑惑地看阿哥忙碌，不明白他什么时候多了一把小刀！一个个小朋友在离开，挤着的人越来越少了，菊儿问："阿哥，哪儿来的小刀啊？"

"回家告诉你！"阿哥给菊儿挤眼。

怎么还有削铅笔的小刀呢？以前，妈妈都是用菜刀或者剪刀什么的帮菊儿削铅笔的呀！回家，菊儿去找阿哥，阿哥说忙，围着小鸡喂食，随后又跑了，说是去找小鸭，大娘也说，小鸭好一阵没回家了。

菊儿回家问妈妈："阿哥怎么会有铅笔刀！"

"不知道啊！"

第二天上学，菊儿又追着阿哥问："阿哥，小刀哪儿来的呀？"

"卖小鸭！"见菊儿不明白，阿哥解释说，"妈妈孵小鸭卖，给我一窝，我自己养，大一点就拿去市场上卖，挣了钱，我就去商店里买的小刀。"

"哦！这样啊！"说完，菊儿撒腿就跑。

"跑什么？"阿哥不明白，"你做什么去啊？"

"养鸭鸭去。"菊儿的声音很大，却早没了人影。

◀ 李子树下

端午，李子开始成熟了。

好不容易到了周末，菊儿赶紧去姑姑家，姑姑家真好，房前屋后啊！那全是李子树，一堆堆，一丛丛，李子拥挤着，表妹带着菊儿来回地跑。

一直一直地吃，姑姑喊："少吃点，要肚子痛的。"

表妹天天吃，她知道哪棵树上的好吃，哪棵树上不好吃，菊儿不管，见树就吃，一天，菊儿也没吃饭。

晚上，菊儿还想吃，姑姑奇怪："这孩子，吃那么多肚子也没事，看来，胃的消化功能不错。"

两天后回家，菊儿病了，肚子痛，下泄，妈妈问："是不是吃了很多李子？"

"也不多呀！"

"什么叫也不多？"妈妈瞪菊儿，"连饭也不吃吧！"

"妈妈，你是不知道呀！"菊儿立即眉开眼笑起来，"那树上一堆堆的李子真馋人啊！"

"有你说的那么好吗？"

"有啊！黄黄的，亮亮的。"菊儿比划着，"树上，一堆堆的果子那么多，树，一排排的排着，都不知道该吃哪棵树上的了！"

"看看，还馋呢！肚子不痛了？"

"咕噜！"妈妈话还没说完，菊儿的肚子又响了，"咕噜噜！"

"哎呀！"菊儿捂着肚子，"好痛！"

"看你还馋不馋？"妈妈说着出门了，"我给你买药去。"

"我下个周末还想去姑姑家呢！"菊儿大声喊着，手按着肚子，快速向们外跑去。

◀ 白云

五月，天气真好。

阿哥和菊儿去上学，路上的植物摇摆着，像是在欢送他们，午后的阳光暖暖的，阿哥走走停停，反正离上课还早呢！他们一路漫步，一路玩耍，阿哥摘着路边树枝、树叶和野花。

"啪叽！"不小心，阿哥摔了个马趴。

"哈哈哈！"菊儿开心地笑，跑过去拉他，"快起来！"

阿哥就地一滚，他仰面朝天，干脆躺在地上向天上看，阳光照得他睁不开眼，"咕噜噜。"阿哥又滚了几圈，他躺到了小树下。

"起来呀！，看你的衣服都脏了！"

"别动！"阿哥小心翼翼地，眼睛眨也不眨地看天上，"你看！"

"看什么？"菊儿莫名其妙地往天上看。

"那白云！"

"白云？"菊儿更加迷惑了，"白云有什么好看的？"

"老师说，要善于观察和发现。"阿哥比划着说，"看，那白云在跑，还在变！你以前知道吗？"

"啊！真的在跑？"菊儿好奇的望着天空。

"你看，那里，是不是像个人？"阿哥指着白云末端说，"刚才像马！"

"嗯？"菊儿也躺下，和阿哥并排着，"是哟！在跑，可我没看见它们变。"

"躺好！"阿哥往小树边挪挪身子，给菊儿让地方，"等一会儿就有了，看看，那朵开始换了。"

天上，一团团棉花似的白云，懒懒散散地在游动……

◀ 孤雁

去找阿哥，家里居然没人。

菊儿郁闷，大娘也不在家，大伯说，阿哥住院去了，要一个礼拜才回来，每天，菊儿只能自己去上学。

上学的路，怎么变得那么长？天上的白云，也变得凶神恶煞的，一会儿像镰刀；一会儿像疯狗；一会儿又像怒牛……

躺回那颗树下，菊儿想起和阿哥看的云，"菊儿快看，那朵！"

"哪朵呀？"

"那边那边，就是最前面的那朵嘛！"

"呀，像小朋友手拉手。"

"对，左边那个是菊儿。"阿哥转身问，"右边那个会是我吗？"

"对，那就是阿哥。"

"那是我们一起去上学呢！"

"阿哥看那朵。"

"像老头？"阿哥皱眉，"又不像！"

"像奶奶，拄着拐棍！啊……"菊儿惊叫，"你干什么？"

"我没奶奶！"阿哥抗议地喊。

"你有外婆呀！"菊儿揉着胳膊，"好疼！"

"菊儿，醒醒，怎么没去上学啊？"

"啊！"菊儿醒了，觉得胳膊好痛，"我怎么睡着了？胳膊也痛！"

急速翻找，有只蚂蚁在胳膊上跑，掐死它，一边骂蚂蚁你坏、你咬我！一边埋怨自己向学校跑："真是的，我怎么睡着了呢？"

◀ 小羊咩咩

菊儿纳闷，阿哥怎么好几天没来找她。

顾不上妈妈再三喊吃饭，菊儿撒腿就跑，大伯正抹着嘴走出厨房，大娘在喊："阿哥，都吃完了，不吃，我可端走了啊！"

阿哥没做声，菊儿半天找不见他身影，问大娘："阿哥在哪儿？"

"我这儿呢！"循声找去，阿哥居然在猪圈后面，"这黑乎乎的，你在这儿干吗呢？"

"咩！"

"小羊！"阿哥得意地说，"我的小羊。"

"呀！哪儿来的小羊？"菊儿高兴得直蹦高。

"爸爸给买的。"

菊儿愣住了，转眼，她跑了，阿哥听见菊儿在叫："大伯，小羊哪儿买的？"

"干吗？"大伯嘿嘿笑，"你养不了。"

“我为什么养不了？”

“你那么懒！”大娘在一边接话了，“小羊要吃草的，你给它割吗？”

“这？”菊儿无趣，大娘总说她懒，让她要学阿哥勤劳点，可她就是什么也不想做嘛！又无精打采去房后找阿哥，可阿哥居然没在，小羊正“咩咩”地叫，像在叫妈妈，又像在哭，菊儿拍拍它安慰它，听大娘对大伯说：“这孩子，连饭也不吃。”

好一阵，小羊没了精神，卧下睡了，菊儿无奈回家，刚走出大娘家，小羊又“咩咩”叫了，那声音像是见到了妈妈。

房后，阿哥正给小羊扔刚割回来的鲜嫩的青草……

◄ 小荷尖尖

菊儿家门外，有一块阿哥家的水田。

大伯往水塘里扔了好些藕肠子，说是要种莲藕。等春天，莲藕就会长出圆圆的叶子，还会开出好看的荷花。

从此，只要不上课，阿哥天天来菊儿家等，可藕肠子好像总也睡不醒，一直没动静，阿哥和菊儿跑去问大伯："莲藕也怎么还没出来呀？"

"别急，等着。"

"大伯，你不是说，将来那水塘就变成荷塘了吗？"菊儿说完，阿哥也歪着头问："什么是荷塘呀？"

"荷塘呀！"大伯的声音好慈祥，"就是水塘里面长满了荷叶、荷花、还会有青蛙在荷叶上呱呱叫。"

"真的吗？"菊儿瞬间眉开眼笑，可阿哥却愁眉苦脸地说，"可咱们也没养青蛙呀！"

"笨死了！"菊儿说，"田里的青蛙会跑来呀！"

"会吗？"阿哥问菊儿。

荷叶终于出来了，一片、一片、又一片，铺满了整个水塘，阿哥真的发现，里面有小蝌蚪在游……

清晨，菊儿睡了个懒觉，醒来家里只有奶奶了，吃完奶奶给热着的饭出门，阿哥和大伯居然在门外，大伯在荷塘里捞着水草，阿哥在塘边高兴的直跳："呀！，真好真好！真好看！"

"阿哥，蜻蜓站在花苞上了？"菊儿小声地叫，怕惊跑了蜻蜓。

"和你们一样，那就叫小荷尖尖。"

"什么是小荷尖尖？"阿哥费解问，菊儿也迷茫地看着荷塘里的大伯。

◀ 蜻蜓飞

午睡时，菊儿轻轻跨过妈妈，偷偷下床跑了。

搬个小凳坐在院子里，数树上的小核桃，一个、两个……坏了，怎么那么多的树叶，捣乱，再来，可菊儿怎么也数不清。

"啊呜！"大白猫逗大黑狗，大黑狗不理大白猫，伸着舌头直喘气，"哈哧哈哧！"

菊儿抬眼张望，咦，大太阳下，好多的蜻蜓在飞，一圈两圈，飞得越来越慢，真笨，那么热，到阴凉地方歇歇啊！眨眼，墙边有根竹竿在动。

"菊儿，来。"

"阿哥，是你呀！"菊儿跑过去，"我说竹竿怎么会动呢？"

"跟我走。"

"干嘛？"阿哥不说话，一个人往菊儿家后面走，菊儿看见他手上的竹竿问："那尖上是什么？"

"蜘蛛网！"抬头，一个大大的蜘蛛网就在头顶，阿哥举起竹竿，把它全部缠在了竹尖上的竹条椭圆里，"咱们捉蜻蜓去。"

"怎么捉？"

"你看着啊！"

飞累了的蜻蜓正歇息在菊儿家的柴禾垛上，阿哥轻轻走过去，用竹竿上的蜘蛛网罩住了蜻蜓，蜻蜓受惊，急忙飞起，它被粘住了……

"奶奶说，蜻蜓是益虫，帮我们捉秧苗上害虫，还吃蚊子。"

"真的？"阿哥吃惊地问，随后伸手，把手里的一堆蜻蜓撒向天空，"那你们飞吧！去捉害虫……"

◀ 抓小鱼

菊儿不小心，摔水塘里了。

秧苗高，喊奶奶也没人应声，菊儿想从水里爬起来，可田埂太高，她又一次次掉进去了，可菊儿觉得奇怪，那脚下的泥巴怎么软软的？

阿哥说他家水缸里的鱼，是爸爸从水塘里逮的，他也要去捉，水塘边，阿哥让菊儿在田埂上等，说怕淹着她。

菊儿说，才不怕呢！她几天前掉这水塘里，就是自己爬出来的。于是，两个人脱掉衣服，都跳进了水塘里，一会儿，阿哥大声喊："呀！鱼儿在咬我！"

"真的吗？"

"不信你坐下！"说话间，阿哥叫了起来，"哎呀呀！它们在咬我的小鸡鸡。"

"哈哈！"菊儿开心地笑，"我看看。"

转眼，水塘的秧苗倒了好多，邻居叔叔来了，他大声骂："两个兔崽子，看看，把我的秧苗都压倒了，上水塘里干什么去啦？"

"我们捉鱼儿呢！"菊儿大声回答。

"他妈的，准是阿哥出的坏！"叔叔说着，一边扶倒下的秧苗，一边朝他们走来，"赶紧地，给我出去。"

"我们还没逮住鱼儿呢！"阿哥不理叔叔，自语说。

"叔叔，鱼儿咬阿哥的小鸡鸡。"菊儿朝叔叔喊。

"活该！"叔叔嘴里说着话，身子却猫了下去，"呀！鱼儿。"

"给我给我。"菊儿拿着鱼儿开心的上田埂去，阿哥跑过来，"叔叔，我也要。"

"没有了。"叔叔说着话，又猫下了腰，"记住，要爱护庄稼，爱惜别人的劳动成果……"

◀ 手术

　　大伯说，阿哥要去县城做手术。

　　反正阿哥不在家，菊儿也懒得去，大娘遇见她问："菊儿，怎么不找阿哥玩？"

　　"阿哥不是做手术去了吗？"

　　"早回来了！"

　　"真的？"菊儿的声音刚落，人却没影子了，她一边跑一边喊："阿哥，你什么时候回来的？"

　　跑进阿哥的房间，菊儿小心翼翼地看，可阿哥却正在床上翻上倒下地玩，大娘进来了，大声嚷嚷："停停停，伤口不疼了？怎么不听话呢？"

　　"哪儿疼？"菊儿小心地问。

　　"这儿！"阿哥比划着肚子，"这儿拉了一刀。"

　　"啊？"菊儿惊讶，害怕地问："阿哥，你怎么了？"

　　"疝气！"阿哥说着，脱下了裤子，"你看，这儿，有刀疤吧？"

"嗯！"菊儿怕怕的表情，"很疼吗？"

"医生说，不准使劲动，要不然缝上的刀口就要裂开。"

"那别动了，赶紧躺下呀！"

"就是，不听话。"大娘说，"看，菊儿也这么说吧！过几天好了才可以蹦的。"

"躺下。"菊儿拽阿哥，"我陪你玩。"

"嗯！"

"要什么时候才好呀？"

"医生说，七天拆线，拆完就可以动了。"阿哥很听菊儿的话，他躺下了，大娘一边开心地笑着……

◀ 两只蚂蚁

斜阳照在放学的路上，金黄金黄的。

阿哥用手搭凉棚，想挡住耀眼的太阳光，菊儿在前，把阿哥落下好远，他懒懒散散地走，无聊的跟在后面。

"阿哥。"菊儿在前面着急地喊。

"干什么？"

"快，看看，这好大哟！"

一段冲刺，阿哥也趴到了菊儿身边，想方设法，菊儿她终于捉住了　只大蚂蚁，"看，多大！"

"这个呀！"阿哥失望地说，"我早就玩过了！"

"玩过了？"菊儿睁大眼睛不信任地问，"怎么玩？"

"看！"阿哥想显摆他的新发现，又来了精神，他教菊儿，这样，把大蚂蚁的头须拔了，菊儿照办，阿哥又逮来一只，并把头上的须子拔掉，最后，让它们互相咬住对方钳子似的大嘴，放地上。

"啊！"菊儿惊叫，"它们都咬住不放哦。"

地上，两只蚂蚁正掐得欢，阿哥站起身，得意地摇摆着，菊儿问："阿哥，它们怎么不放开呀？"

"我们把它们的须子拔了，肯定是头晕了。"阿哥思考着说："你看地上那些没拔须子的，是不是不打架呀？"

看来看去，菊儿终于肯定地点头了。

"阿哥，天黑了，怎么还不回家？"听见大娘的喊声，菊儿才急忙从地上拉起阿哥往回家跑……

◀ 不曾见过你

风儿飘过，蒲公英飞起。

东灵山亚高山草甸上，万亩草原还有一丝绿色，蒲公英们却都在纷纷离开母体，准备去大地上安家、繁衍了。

"呀，蒲公英！"游客在惊叫，他小心翼翼采一朵，递给了身边的她。

"噗！"红唇撅起，蒲公英散飞在空中，"好美呀！"

"呜~哇~！"男人在女人的脸上偷吻。

"坏！"

蒲公英也害羞了，它们快速地飞走，飞呀飞，种子小四离了群，它飞到了山谷，慢悠悠落下了，小四看见了，这里有一片片树林，树枝上，一颗颗金黄色的果实正欢笑，小四好奇："你们是谁呀？我是蒲公英小四。"

"哦，我们是沙棘果。"

小四和沙棘们，都说不曾见过对方，可都说是这里土生土长的植物，谁也说服不了谁!

"呀! 这是些什么?"吹蒲公英的女人扭扭捏捏地来了。

"沙棘!"男人也跟了过来："知道吗? 沙棘能防土地沙化，它一般生长在沙漠上，耐高寒气候，果实可以做药材，可以吃，酸酸甜甜的……"

"是吗?"女人把一颗沙棘果放进红唇里。

"呀!"沙棘果在女人嘴里快乐涅槃，女人被酸着了，她皱了皱眉："明白了，因为这里的气候呈垂直分布，所以容纳了多种植物……"

◀ 小小鸟

晚饭过后，表妹小雪一直在忙不停。

"妈妈，快呀！"

"给拿上水。"妹夫在一边嘟囔。

夜晚的街头，霓虹闪烁，悠闲的人们，三三两两，都陆陆续续从家里走出来，我和小雪也出门了，一路细声唠叨着，外甥女丫丫好动，一会儿在前，一会儿在后，"嘟嘟！"汽车擦身而去。

"丫丫，边上走。"

看见晃来晃去的丫丫，我烦了："你老实着！"

"干什么？"丫丫抗议。

"她就这样，天天如此，烦死人了！"

公园的广场上，一群人正在舞蹈，丫丫也滑了进去，她一个人舞，跳得有模有样，雪儿耐心地看着，脸上溢出的是幸福的微笑："看，没人教她，还行吧！"

"嗯，姿势很正！"

"我和她爸，谁也不会，你看她……"

翻过小小堆积土坡，那边是大片的健身器，丫丫跑过去惊叫："大姨，我上不去！"

"小孩儿都这么麻烦吗？"

"来，上！"雪儿抱起丫丫，使劲往健身器上放，"大姨抱不动你。"

终于到家了，小雪手里还拿着那瓶自己灌的白开水，我埋怨拿它干吗？雪儿手指点着丫丫的头上说，她就这么烦，不拿吧！她到哪儿就渴，一块钱一瓶呢！拿上吧！一口不喝。

◀ 浪花飞逝

王英是插班生，不明白她为什么住在张老师家？

我觉得，王英的生活很惬意！

一天傍晚，我去张老师家，王英正在准备晚饭，看见她细心地切猪肉丝，我惊奇地问："你这么小，也会做饭？"

王英左右看看，小声说："这是在人家家里，不能像你，总吃现成的饭！"

王英学习好，是班长，总是帮助老师安排所有的工作，所有的脏活、累活，她一次都不落下，像朵晶莹剔透的浪花，时时跳跃在每个角落。

时间久后发现，每到周六，她也和别的同学一样，总是慌慌张张地准备着回家，据说，她的家在江的那边。

一次闲聊中，王英告诉我，家里还有几个年幼的弟弟妹妹，爸爸妈妈的活又多，所以每个周末，她都要回去帮着干活、照顾家。

可周一，却传来了一个惊人的消息，都说王英死了。

我惊愕，这怎么可能？

原来，王英从小长在江边，她熟悉水性，总是划着父亲的小鱼船，在门前的江里来来去去，因为来镇上读书，她在熟悉小镇后，常常在周六帮家里买卖农用百货。那天，有人看见她把小船划向了江的那边，船后，飞溅起浪花一朵朵⋯⋯

后来，人们只找到那只小船，正孤零零地漂浮在江的中心。

◀ 父爱如山

吃东西总是挑三拣四的，我很偏食。

中午，父亲准备好松花蛋后，坐在饭桌前等我，急匆匆放学回家，我喘着粗气坐下拿起筷子。

"闺女，尝尝这个。"

看那黑乎乎的丑样，我拒绝："什么东西啊？不吃！"

……

"闺女说说，人的器官，哪个最重要？"

"哪个？"对于父亲的问话，我很迷茫。

父亲说："心脏呗！"

"为什么？"

"心脏是统一安排，并生长血液的器官。"

"哦，对对对。"我恍然大悟。

"所以，多吃猪肝可以补血。"

"想什么呢？赶紧吃啊！"父亲的话打断了我瞬间的回忆，

急忙拿起丑丑的松花蛋，勉强往嘴里送，正回味，父亲却发话了："闺女啊！你现在还不会明白，爸爸为你付出的心血，你将永远都还不清。"

我迷惑的看着父亲，心想，怎么会还不清呢？现在你供我上学，也没有花多少钱啊！大不了，我长大了再给你十倍甚至百倍的钱。

随着岁月的流失，父亲老了，但我却什么也帮不上他，也终于明白了父亲曾经说过的话……

◀ 我的奶奶

每到冬季，脚手总是冰凉冰凉。

我是家里的第四个孩子，奶奶唯一的孙女，记事就跟着她睡。

"乖，醒醒。"每天，奶奶还会这样叫我："吃了这个。"

糊里糊涂中，我接过奶奶递过的碗，狼吞虎咽吃下鸡蛋。

那是贫穷的年代，那也是高龄奶奶唯一的营养补给，可那鸡蛋留给我多一半的秘密，一直都没有人知晓。

"你的脚，晚上怎么总是那么凉？"

之后每晚，上床就觉得奶奶在搂我的脚，冰凉的脚渐渐暖和了，原来，脚是在奶奶的胸脯上。

奶奶生了八个孩子，可那些孩子都在七岁、九岁、十一岁和十三岁的时候，一个个夭折，无奈，算命说爷爷无后，奶奶伤心后只会无休止的劳动。

爸爸是奶奶的第九个孩子，七岁时也奄奄没了气息，奶奶不舍，放在家里七天，爸爸居然活了，从此，爷爷奶奶有了儿子，可爷爷命短，早早死了。

奶奶人高马大，拼命地挣钱买地，成了地主，我分吃她鸡蛋的时候，她正每天被批斗，后来，奶奶老年痴呆了。

曾经，地主奶奶不但是自己干活，还常常救济乡亲们！

◀ 雪花那个飘

替奶奶掖好破烂的被子，小虎小心翼翼下了床。门外夜色里，是飘飘的鹅毛大雪。

奶奶生病了，药罐里正煎着药，小虎笨拙地往火炉里添柴，火苗蹿起，"啪啪"地响，瞬间，小虎清瘦的脸上，眼光忧郁中，时光飞回到从前，依依呀呀，正蹒跚学步，妈妈指着对面说："小虎，去，找奶奶！"

对面，奶奶正张着双臂，歪歪扭扭，小虎向奶奶跑去，随后奶奶抱起孙子看门外，惊讶地说："呀，下雪了。"

爸爸妈妈跑出门，呵呵傻笑，大声唱，雪花那个飘！

"别飘了，冷！"奶奶摇摆着想出去的小虎向门外喊。

"妈，我明天就去山里夹野兔，准能卖上好价钱。"

"我也去。"妈妈膏药似的粘着爸爸。

可爸爸遇见了狼，妈妈经不住打击，她疯了，只会唱，雪花那个飘。

从此，才三岁的小虎没了爸爸，三年后，妈妈的病终于好了，看着空空荡荡一贫如洗的家，妈妈就南下了……

此时，奶奶在弥留中悠悠醒来，她含糊不清："小－虎，奶－奶－帮－不了－你们－了。"

"奶奶！我给你煎好药了！"小虎感触到了死亡的气息，他恐惧中带着依恋，"天亮，我就去旺财叔家取药。"

可奶奶的魂魄正随鹅毛大雪飘走。

雪花那个飘……

◀ 盼望长大

上午出去溜达，麻烦在等车上幼儿园。

一次次探望着路的尽头，麻烦焦急不安，可校车一直没出现，中午了，我也替他着急："麻烦，你这车怎么还没有来啊？"

"哎！"麻烦又在看路的那边，先是叹息，随后摇头："可能今天又不来了。"

"不来你好玩呀！那不是更好吗！"我问他。

没想，麻烦却肯定地对我说："我着急哦！"

我茫然："你着什么急啊？"

"着急长大。"

看着我惊讶的表情，麻烦呲着牙，有些尴尬，随后诚肯地说："我想快点长大，那样就能去打工，和爸爸妈妈天天在一起！'"

心，像被蝎子蛰了："多久不见爸爸妈妈了？"

"两年多了吧！"有人答，"他两岁来的姑姑家。"

"走了就没回来。"麻烦委屈地撇嘴，瞬间他又开心歪着头，

"那天我做梦看见他们了。"

"麻烦，快来，这儿有小知了。"一个也在等车上幼儿园的小孩儿在叫，"那么多哟！"

麻烦一步一回头地跑了，人们都在谈论着，现在的孩子根本不好好学习，都盼着长大，希望能早点去找爸爸妈妈。麻烦终于举着小知了跑回来了："看，好看吧？"

"可麻烦，阿姨不明白，长大和上学有什么关系吗？"

"不都是要上学才能长大吗！"麻烦看看我，又抬眼望对面那条上学的路。

弯弯曲曲的路，无限地延伸着。